Frieden finden

Finding 3

Sloane Kennedy

Übersetzt von
Jutta Grobleben

Frieden finden

„Ich wusste, dass es so sein würde ... als hätte ich etwas gefunden, von dem ich nicht wusste, dass es mir gefehlt hat." - Luke

Der Autor Gray Hawthorne hat alles und ist im Begriff, noch mehr zu bekommen. Seine Bestseller-Romanreihe über einen Detective wird verfilmt, was ihm einen großen Namen einbringt und Gelegenheit gibt, mit der Elite von Hollywood zu schäkern. Geld, Ruhm und gutes Aussehen bedeuten einen endlosen Strom an Männern, sowohl Groupies, als auch Berühmtheiten, was Gray sehr gelegen kommt. Er ist schlau genug, um zu wissen, dass seine fünf Minuten im Rampenlicht genau das sind, was ihr Name besagt, und er hat vor, jeden Moment davon zu genießen. Bis er eine niederschmetternde Nachricht erhält, durch die er alles verlieren könnte ...

Der Army Ranger Luke Monroe lebt für das Militär. Es ist die Familie, die er niemals hatte, und ein Leben ohne seine Waffenbrüder kann er sich nicht vorstellen. Doch ein hinterhältiger Verrat zwingt Luke zur Flucht und er landet in der Kleinstadt Dare in Montana, wo er seinen Pflegebruder um Hilfe bitten will, der ihn schon oft gerettet hat. Doch der Mann, den er dort findet, ist nicht mehr der Bruder, nach dem er gesucht hat, und so muss er wieder flüchten. Bis eine Begegnung am Straßenrand mit einem Fremden alles ändert.

Als Gray in seinem Holzhaus in der Abgeschiedenheit der Berge von Montana Zuflucht sucht, ist Gesellschaft das Letzte, was er will, doch eine Begegnung mit dem mysteriösen, und heterosexuellen, Luke führt dazu, dass Gray dem Soldaten einen Ort anbietet, wo er zur Ruhe kommen kann. Und da eine körperliche Beziehung nicht zur Debatte steht, stellt Gray erfreut fest, dass er etwas gefunden hat, was er schon sehr lange nicht mehr hatte ... einen echten Freund.

Doch was passiert, wenn Freundschaft nicht mehr genug ist? Wenn ein Mann, der bisher nur mit Frauen zusammen gewesen ist, sich nach mehr sehnt?

Ein Mann ist auf der Flucht vor seiner Vergangenheit und der andere vor seiner Zukunft. Wird es ausreichen, einander zu finden, damit sie Frieden finden?

ISBN: 9798356238062

Danksagung

Ein großes Dankeschön an Lynn, die eine fantastische Beta-Leserin ist!

Inhalt

Kapitel 1	1
Kapitel 2	10
Kapitel 3	29
Kapitel 4	41
Kapitel 5	59
Kapitel 6	75
Kapitel 7	94
Kapitel 8	111
Kapitel 9	127
Kapitel 10	144
Kapitel 11	155
Epilog	168
Über den Autor	173

Kapitel Eins

„Verdammte Scheiße!"

Gray Hawthorne fluchte herzhaft, als seine Brust gegen den Sicherheitsgurt schlug und sein Fuß das Bremspedal so weit es ging durchtrat. Auch wenn sein Instinkt ihm sagte, dass er das Lenkrad nicht nach rechts reißen sollte, tat er es dennoch und er wusste nur, dass er den großen Hund, der mitten auf der Straße stand, nicht überfahren hatte, weil die Räder seines Pickup-Trucks nicht über den Körper des Tieres holperten. Und da der Hund auch nicht vor Schmerz aufschrie, standen die Chancen gut, dass er sich schnell genug aus seinen rührseligen Gedanken gerissen und das Tier sich nicht verletzt hatte. Sein Truck kam auf dem Kies des Seitenstreifens schlitternd zum Stehen und er schaffte es gerade so, dass das Auto sich nicht überschlug.

„Großer Gott", murmelte er, während er das Auto auf Parken stellte und versuchte, wieder zu Atem zu kommen. Dank des Adrenalins zitterte er am ganzen Körper, doch er schaffte es, in den Rückspiegel zu sehen. Der verdammte Hund stand immer noch mitten auf der Fahrbahn. Auch wenn die abgelegene Landstraße, die zu seinem Haus führte, nicht sonderlich stark befahren war, wusste Gray, dass der Hund kein langes Leben haben würde, wenn er nicht von der schwarzen Oberfläche verschwand. Für die Rancher und die Jäger, die in der Gegend lebten und Urlaub machten, war das Leben eines Hundes nicht besonders viel wert.

Gray schaffte es, den Gurt zu lösen, der ihm immer noch die Luft abschnürte, auch wenn er mehrere Versuche brauchte. Er schaute sich um, ob andere Autos zu sehen waren, dann stieg er aus dem Truck aus. Der Hund, eigentlich eine Hündin, war etwa einhundert Meter entfernt und bellte unablässig.

„Komm her, Mädchen", rief Gray und ging in die Hocke. Er wusste nicht viel über Hunde, aber er vermutete, dass es wahrscheinlich am Besten war, sich so wenig bedrohlich wie möglich zu verhalten. Doch das spielte keine Rolle, denn der Hund drehte den Kopf zwar in seine Richtung, doch er rührte sich nicht und bellte immer weiter. Nach dem Beinahe-Unfall und den Sorgen, die ihn schon lange, bevor er das Tier entdeckt hatte beschäftigt hatten, wollte Gray am liebsten einfach wieder in seinen Truck steigen und weiterfahren. Das würde ein anständiger Mann nicht tun, doch er hatte schon vor langer Zeit aufgegeben, anständig sein zu wollen, als er erkannt hatte, dass man in dieser Welt nichts erreichte, wenn man ein netter Kerl war. Nette Kerle hatten keine Ahnung, wie es lief.

Gray stand auf und langte nach dem Türgriff, dann fluchte er erneut. Er holte tief Luft, dann ging er dem Hund entgegen, dabei achtete er auf Autos auf der Straße.

„Komm her, Süße", rief er, aber der Hund ignorierte ihn weiter. Als er näherkam, konnte er sehen, dass es ein riesiger Deutscher Schäferhund war. Er sah schrecklich aus. Schlamm verklebte sein Fell und Gray konnte seine Rippen erkennen. Er versuchte es erneut mit Hinhocken, aber der Hund rührte sich immer noch nicht. Wenigstens hörte er auf zu bellen. Gray konnte nicht sagen, ob das etwas Gutes zu bedeuten hatte oder nicht. Die goldbraunen Augen des Hundes wanderten zwischen ihm und dem Waldrand an der Straße hin und her. Dorthin hatte der Hund auch geschaut, als der Truck die leichte Steigung in der Straße hinaufgekommen war.

„Braves Mädchen", flüsterte Gray, als er nur noch einen Meter entfernt war. Zu seiner Überraschung kam der Hund zu ihm und setzte sich zu seinen Füßen. Aber statt zu bellen, begann er zu wimmern und drückte seine kalte Schnauze gegen Grays Hand. Gray streichelte den Kopf des Tieres. Sobald er die Hand zurückzog, bellte der Hund und machte einige Schritte in Richtung des Straßenrandes.

„Okay Lassie, ich verstehe schon", sagte Gray gedehnt. Er folgte dem Hund und war nicht überrascht, als dieser im Straßengraben verschwand. Er rechnete damit, einen weiteren Hund vorzufinden, der vielleicht verletzt war und unter einem der großen Büsche lag, die in der Gegend häufig vorkamen. Aber sobald er den Straßenrand erreichte und hinabschaute, wusste er, dass die zusammengekrümmte Gestalt, die dort im Laub lag, kein Hund war.

Luke Monroe war kalt, obwohl es heute unerträglich heiß war. Außer seinem Gesicht - das fühlte sich feucht an ... schon wieder. Verdammter Hund. Wenn der räudige Köter nicht sein Gesicht ableckte, dann jede andere entblößte Hautpartie, die er erreichen konnte. Luke versuchte, sich von der klebrigen Zunge des Hundes wegzudrehen, doch Schmerz schoss in seine Seite und er musste ein Stöhnen unterdrücken. Er konnte scharfe Steine spüren, die in seinen Körper stachen, aber er wusste nicht, woher sie gekommen waren. Das Letzte, woran er sich erinnern konnte, war, dass er am Straßenrand gelaufen war, wo der Asphalt die Hitze reflektiert hatte, sodass er sich fühlte, als wäre er in einem Backofen. Eine leichte Brise hatte geweht, doch dadurch wurde die trockene Hitze nur noch erdrückender. Er fluchte, weil er nicht mehr Wasser dabei hatte, als die beiden Flaschen in seiner Reisetasche.

Eigentlich hätte das ausreichen sollen, denn sein Ziel war nicht mehr als einen halben Tagesmarsch entfernt. Als er sich seinem Ziel genähert hatte, hatte er tatsächlich eine gewisse Vorfreude verspürt bei dem Gedanken an ein weiches Bett und eine warme Mahlzeit, statt eine weitere Nacht lang zu versuchen, auf dem kalten Boden zu schlafen, mit nichts im Magen als seinem letzten MRE. Aber um ehrlich zu sein, hatte er sich noch mehr darauf gefreut, sich endlich sicher zu fühlen, endlich nicht mehr ständig über die Schulter sehen zu müssen. Wieder bei dem Mann zu sein, dem er mehr als alles andere vertraut hatte, als sie noch Kinder waren.

Er war nicht überrascht, dass sich diese letzte Hoffnung auf Rettung als Wunschtraum entpuppt hatte. Luke hatte es gewusst, sobald er das Polizeiauto, das in den Feldweg zur CB Bar Ranch einbog, gesehen und das vertraute Gesicht am Steuer erkannt hatte - das sich in den sieben Jahren, seit er den Mann zuletzt gesehen hatte, kaum verändert hatte. Wenigstens hatte er sich schnell genug hinter ein paar Bäumen am Straßenrand versteckt und dem Wagen hinterher gesehen. Als das Auto außer Sicht war, hatte er sich auf den langen Rückweg zur Stadt gemacht, während sein müdes Gehirn versucht hatte, sich einen Plan B zu überlegen, der wohl besser Plan A gewesen wäre. Schließlich hatte er in den letzten Tagen nichts erreicht, außer das wenige Geld, das er hatte, für eine Busfahrkarte auszugeben, die nur bis Billings gereicht hatte. Danach war er getrampt und verschiedene Trucker hatten ihn mitgenommen, die ihm entweder das Ohr abgeschwatzt oder sich an ihn rangemacht hatten. Mit dem letzten hatte er Glück gehabt, denn der alte Mann hatte ihn ohne viele Worte mitgenommen und ihm alles Gute gewünscht, als er ihn abgesetzt hatte. Danach hatte er seine Fahrt nach Westen fortgesetzt und Luke war Richtung Süden auf dem Highway gegangen, der ihn in die kleine Stadt Dare, Montana brachte.

Luke hatte nicht viel von der Stadt gesehen, denn er wollte nicht riskieren, erkannt zu werden, deshalb hatte er sich am Stadtrand aufgehalten und war nur einmal zu einer Tankstelle gegangen, um seine Wasserflasche aufzufüllen und sich zu waschen. Es hatte mehrere Stunden gedauert, von der Stadt aus sein Ziel zu erreichen, aber da sich das nun als Schuss in den Ofen herausgestellt hatte,

hatte er keine Wahl, als sich wieder auf den Weg in Richtung Dare zu machen, wo er sein letztes Geld für eine Mahlzeit ausgeben konnte. Aber dank des nagenden Hungers und des Wassermangels hatte sein Körper ihm einen Strich durch die Rechnung gemacht, und er konnte sich an nichts mehr erinnern, nachdem die schwarzen Punkte in sein Blickfeld getanzt waren. Jetzt musste er nur noch herausfinden, ob der Sturz in den Graben seinem geschundenen Körper noch weitere Verletzungen zugefügt hatte.

„Hey.“

Luke hörte die Stimme und kurz darauf spürte er, wie Finger sich um seinen Oberarm schlossen. Er hörte ein Grunzen, als er mit der rechten Hand ausholte und seinen Angreifer von sich stieß, während er auf die Füße kam. Er ignorierte den Schmerz in seiner Seite und langte nach seiner Waffe, die in seinem Hosenbund steckte. Schwindel überkam ihn, als er mit seiner Beretta auf den Mann zielte, er immer noch vornübergebeugt kauerte und die Hand an seine Brust presste.

Gray holte tief Luft, aber der Schmerz war zu überwältigend und er konnte nur hilflos keuchen, während er versuchte, die Panik zu unterdrücken. Der Wichser hatte wirklich einen ordentlichen Schlag am Leib und Gray hatte keinen Zweifel, dass er einen blauen Fleck bekommen würde, wo die Hand des Typen ihn an der rechten Seite der Brust getroffen hatte. Aber das Verlangen nach Sauerstoff wurde zur Nebensache, als er aufschaute und feststellte, dass eine Waffe auf seinen Kopf gerichtet war. Gray zwang sich, beide Arme auszustrecken, die Handflächen nach oben. Aufstehen war unmöglich, weil immer noch Schmerz durch seinen Körper schoss, doch er war überrascht, dass der Mann die Waffe sofort sinken ließ und sie locker an seinem Bein hielt.

„Wer bist du?“, fauchte der Kerl und schaute sich um. Wahrscheinlich wollte er sehen, ob Gray allein war.

Langsam ließ Gray eine Hand auf die Brust sinken und versuchte aufzustehen, aber er schaffte es nicht. Er war schockiert, als der Mann vortrat, einen Arm um ihn legte und ihm half, aus seiner kauernden Position hochzukommen.

„Versuch, nicht zu tief zu atmen", sagte der Mann und schob Grays T-Shirt hoch. Unter anderen Umständen hätten die Fingerspitzen, die über seine Haut fuhren und die raue Stimme dicht an seinem Ohr ihn angemacht, aber alles, was Gray im Moment fühlte, war Angst. Zwar legte sich die Panik, erschossen zu werden, aber seine Lungen weigerten sich, den dringend benötigten Sauerstoff aufzunehmen.

„Schau mich an", sagte der Kerl plötzlich und stellte sich vor Gray. „Langsame, kurze Atemzüge. So", sagte er und demonstrierte, was er meinte. Gray entging nicht, dass er immer noch die Waffe hielt, aber seine graublauen Augen waren nur auf Gray gerichtet, deshalb konzentrierte Gray sich auf sie und versuchte, die Atemzüge des anderen Mannes nachzuahmen. Zu seiner Erleichterung strömte Luft in seine Lungen. Der Mann schien zufrieden zu sein und senkte den Blick, um Grays Seite zu untersuchen und vorsichtig abzutasten.

„Tut deine gesamte Brust weh oder nur hier?", fragte der Mann und legte seine warme Hand auf eine Stelle direkt unterhalb von Grays Brustmuskel.

„Nur hier", brachte Gray hervor. Der Schmerz war immer noch stark, aber tatsächlich konzentrierte er sich auf den Punkt, wo der Kerl ihn getroffen hatte, und wenigstens konnte er nun atmen, auch wenn es weh tat.

„Ich glaube nicht, dass deine Rippen gebrochen sind, aber sie könnten angeknackst oder geprellt sein. Du solltest dich röntgen lassen, um sicherzugehen."

Gray schob die Hand des Typen weg. „Es geht mir gut", schnappte er, auch wenn das vielleicht keine gute Idee war, weil der Kerl die Pistole immer noch nicht weggesteckt hatte. Doch er war stinksauer. „Bedrohst du jeden mit der Waffe, der versucht, dir zu helfen?", brachte er zwischen keuchenden Atemzügen hervor.

Der Mann trat zurück und schaute auf die Pistole in seiner Hand, als wäre ihm erst da aufgefallen, dass sie da war. Er steckte sie hinter seinen Rücken und sagte: „Du hättest mich nicht berühren sollen."

Undankbarer Bastard.

Gray schnaubte und schüttelte den Kopf. „Du hältst also gern im Straßengraben ein Nickerchen?", fauchte er. Als der Mann nicht antwortete, meinte Gray: „Weißt du was? Vergiss es. Halt deinen Hund von der Straße fern."

„Das ist nicht mein Hund."

Fast musste Gray lachen, aber seine Rippen schmerzten immer noch zu sehr, deshalb schaute er zu dem Deutschen Schäferhund, der sich an das Bein des Mannes drückte. „Na klar", murmelte er und drehte sich zum Gehen um. Doch als er die Böschung hinaufklettern wollte, rollte eine Hitzewelle über ihn hinweg und sein Magen krampfte sich zusammen. Sein Blickfeld verschwamm, als er einen weiteren Schritt machte und er schloss verzweifelt die Augen, um das Gleichgewicht zu halten. Doch es nutzte nichts und er streckte die Hände aus, um den Fall abzufangen, als seine Knie nachgaben. Sein Körper schlug allerdings nicht auf dem Boden auf, denn ein Arm schlang sich von hinten um ihn und hielt ihn aufrecht. Er wusste, dass er sich entweder bedanken oder den Kerl wegstoßen sollte, doch er konnte nur noch den Kopf zur Seite drehen und sich vorbeugen, als er sich übergab.

Luke schaffte es, den anderen Mann festzuhalten, während dieser immer weiter würgte, auch nachdem sein Magen leer war. Obwohl er heftig schwitzte, fühlte seine Haut sich kalt und klamm an. Luke hatte ihn ziemlich hart getroffen, aber er war sich sicher, dass er keine inneren Organe verletzt hatte ... fast sicher jedenfalls.

Nach mehreren Minuten ließen die Zuckungen des Mannes nach und Luke spürte ein schmerzhaftes Brennen in seiner Seite, als der Mann sich an ihn lehnte und sein ganzes Gewicht auf Lukes Arm stützte, der immer noch um dessen Taille geschlungen war.

„Es geht mir gut", sagte der Kerl und versuchte, sich zurückzuziehen, doch sobald Luke seinen Griff lockerte, schwankte er wieder.

„Ich bringe dich ins Krankenhaus", sagte Luke und schaute sich nach seiner Tasche um.

„Nein", sagte der Mann schnell. Ein seltsames Gefühl überkam Luke, als der spürte, dass sie Finger des Mannes auf seinem Unterarm ruhten, doch er ignorierte es.

„Ich könnte eine innere Verletzung verursacht haben."

„Nein, mir war vorher schon übel ... Ich muss mir den Magen verdorben haben. Ich bin okay."

Luke war nicht überzeugt, doch als der Mann seinen Arm wegstieß, ließ er ihn gewähren. Der Fremde schwankte hin und her, doch schließlich fing er sich. Luke behielt ihn im Auge, während er schnell ein paar Schritte zurücktrat und seine Tasche aufhob. Luke konnte erkennen, dass der Mann Schwierigkeiten hatte, als er erneut versuchte, die Böschung hinaufzuklettern, deshalb legte er den Arm wieder um ihn.

„Es geht mir gut", erklang ein schwacher Prostest, kaum ein Flüstern. Die Haut des Fremden war aschfahl. Sie schafften es gerade so die Böschung hinauf, als er erneut begann, sich zu übergeben, doch da sein Magen leer war, war es nur ein trockenes Würgen.

Luke entdeckte einen Pickup-Truck, der ein Stück die Straße hinunter stand, und lenkte den Mann in diese Richtung, als sein Magen sich beruhigt hatte. Als sie das Fahrzeug erreicht hatten, atmete der Mann schwer. Luke entging sein schmerzvolles Stöhnen nicht und Schuldgefühle überkamen ihn, denn er wusste, dass das Erbrechen die Verletzung nur noch schmerzhafter machte. Luke spürte, wie Feuchtigkeit durch sein T-Shirt drang, doch er ignorierte sie und lud fast das gesamte Gewicht des Mannes auf sich, als er die Beifahrertür erreichte. Es war schwierig, doch er schaffte es, ihn auf den Sitz zu hieven.

„Du blutest", sagte der Fremde leise, als sein glasiger Blick auf

Lukes Seite fiel. Luke schaute nach unten und entdeckte, dass ein wenig Blut durch sein T-Shirt gedrungen war. Er hatte sich die Naht aufgerissen, doch als er sein T-Shirt hochzog, stellte er erleichtert fest, dass fast alle Stiche intakt waren. Er schaute auf und sah, dass der Blick des Mannes auf der Verletzung lag, und als Luke sein Shirt sinken ließ, schaute er ihn an. Doch was auch immer er hatte sagen wollen, erstarb auf seinen Lippen, als er erneut zu würgen begann.

Kapitel Zwei

Gray spürte, wie sein Magen rebellierte, als er die Beine über den Rand des Bettes schwang, doch zum Glück spürte er nicht erneut, dass Galle in seiner Kehle aufstieg, weshalb er auch nicht ins Badezimmer eilen musste. Stattdessen schloss er die Augen und versuchte, die Trockenheit und den metallischen Geschmack, der sich auf seinen Geschmacksknospen ausbreitete, herunterzuschlucken. Es war ein weiterer Beweis dafür, dass alles, was der Arzt ihm gesagte hatte, der Wahrheit entsprach, und er musste die Enttäuschung unterdrücken, dass er ihm nicht das Gegenteil beweisen konnte. Sein gesamtes Leben hatte sich darum gedreht, denjenigen, die sagten, dass er etwas nicht tun konnte - dass niemals etwas aus ihm werden würde - den Stinkefinger zu zeigen. Aber das hier ... na ja, dieser Sache konnte er zwar den Stinkefinger zeigen, doch es würde keine Rolle spielen, egal wie deutlich er es tat. Die Krankheit würde immer gewinnen.

Während seine Augen sich an die Dunkelheit gewöhnten, lauschte Gray auf Geräusche, die ihm sagten, dass sein unerwarteter Gast noch da war. Es war demütigend genug gewesen, sich auch nur einmal vor dem Kerl zu übergeben. Aber in seinem Truck damit weiterzumachen - sein Truck, den er von dem Fremden hatte fahren lassen müssen - war das Sahnehäubchen. Jedenfalls hatte er das gedacht. Dann waren sie bei seinem Haus angekommen, aber statt auf die Warnung des Mannes zu hören, mit dem Aussteigen zu warten, damit der Andere ihm aus dem Wagen half, hatte Gray trotzig die Tür aufgestoßen, als der Schwindel ihn wieder überkommen hatte und er war auf den trockenen Boden seiner Auffahrt gestürzt, bevor er auch nur einen Schritt gemacht hatte. Schwere, schwarze Kampfstiefel waren in seinem Blickfeld aufgetaucht, aber zum Glück war nichts mehr in seinem Magen gewesen, und so hatten die Schuhe des Kerls kein Erbrochenes ins Haus getragen, als er Gray ins Badezimmer geholfen hatte.

Zu diesem Zeitpunkt hatte Gray sich keinen Deut mehr um seinen Stolz geschert und nachdem er mehrere lange Minuten über der Toilettenschüssel gehangen hatte, hatte er sich auf den wunderbar kühlen Fliesen des Fußbodens zusammengerollt, die Augen geschlossen und gebetet, dass es nun vorbei war. Das war es natürlich nicht - nicht nach einer Stunde und auch nicht nach zwei. Danach hatte er das Zeitgefühl verloren und auch das Interesse daran. Es hatte ihn nicht interessiert, als raue Hände ihn aufrecht gehalten hatten, während er eigentlich nichts mehr im Magen hatte, was er in die Porzellanschüssel hätte erbrechen können, und es hatte ihn nicht interessiert, als ein kühler Waschlappen sich auf seine Stirn legte. Er hatte nur einmal versucht zu sprechen, als der Mann ihm ein Glas Wasser an die Lippen gehalten und gesagt hatte, er solle trinken. So gut sich das Wasser auf seiner Zunge auch kurzzeitig angefühlt hatte, schmeckte es doch nur einen Sekundenbruchteil später, als hätte er sich eine Handvoll Münzen in den Mund gesteckt. Danach hatte er es nicht mehr versucht, da es sowieso nur ein paar Minuten unten geblieben war. Doch sein schwacher Protest schien den Fremden nicht zu interessieren, denn immer wieder zwang er Gray zu trinken, dann schlang er den Arm um Grays Brust, damit er sich nicht auf den Toilettensitz lehnte. Danach wurde alles schwarz. Er wusste nicht einmal, wie er in sein Bett gekommen war, doch er hatte da so einen Verdacht.

Gray kam auf die Füße, aber er stützte sich am Nachttisch ab, da er noch etwas wacklig auf den Beinen war. In seinem Kopf begann alles, sich zu drehen, aber zum Glück wurde die Übelkeit nicht schlimmer und ein paar Minuten später ließ der Schwindel nach und er schaffte es, ein paar Schritte zu gehen, ohne zu stürzen. Seine Schlafzimmertür stand einen Spalt auf. Das hätte er selbst nie getan, denn da er seit Jahren allein lebte, schloss er sie immer.

Als er die Tür erreicht hatte, wollte er am liebsten wieder ins Bett gehen, aber er war neugierig, ob seine Habseligkeiten noch da waren. Die kleineren Dinge waren in Kisten verstaut, aber da er so lange außer Gefecht gesetzt war, hatte der mysteriöse Mann mehr als genug Zeit gehabt, sein Haus auszuräumen. Er hoffte nur, dass der Mann seine Bücher dagelassen hatte. Der Laptop, der Großbildfernseher, das Tablet - diese Dinge zu verlieren, wäre zwar blöd, aber wenn der Kerl seine Bücher mitgenommen hatte ...

Das Holzhaus war nicht gerade groß, aber erst als Gray die Küche erreichte, hörte er das Geräusch und es dauerte eine ganze Weile, bis er erkannte, was es war. Er schaute aus dem Fenster und entdeckte erleichtert seinen Truck in der Auffahrt, doch bei dem Geräusch von Metall, das sich durch Holz arbeitete, wurde er ganz nervös. Ein Blick auf die Uhr am Backofen sagte ihm, dass es erst ein Uhr nachmittags war. Er war nicht vollkommen sicher, welcher Tag es war, aber wahrscheinlich war es erst vierundzwanzig Stunden her, seit er in den Lauf einer Pistole geblickt hatte. Jener Pistole, deren Besitzer immer noch da war.

Gray schaute sich auf der Suche nach seinem Telefon in der Küche um. Er hatte es im Becherhalter seines Trucks zurückgelassen, als er ausgestiegen war, um nach dem Hund zu sehen, doch er hatte keine Ahnung, ob es immer noch dort war. Es gab einen Festnetzanschluss, doch er hatte nicht einmal daran gedacht, ihn freischalten zu lassen, denn er hatte immer sein Handy dabei, das in dieser Gegend einen überraschend guten Empfang hatte. Er konnte nur hoffen, über seinen Laptop Hilfe zu finden, der immer noch auf dem Couchtisch im Wohnzimmer war. Als er schon dorthin gehen wollte, fiel ihm ein, dass der Kerl mehr als genug Gelegenheit gehabt hatte, ihm etwas anzutun, wenn er das gewollt hätte. Und im Schlafzimmer und der Küche sah alles unberührt aus.

Mit ein paar Schritten war er im Wohnzimmer, aber dieser Raum war nicht unberührt. Das Meiste war noch dort, wo er es zurückgelassen hatte. Der Laptop war auf dem Tisch, der Flachbildfernseher an der Wand und die drei Kisten mit Büchern bei seinem Schreibtisch am anderen Ende des Raums bei dem Fenster. Aber der Haufen aus Ästen zwischen dem Fernseher und dem Schreibtisch ließ ihn hellhörig werden. Er schätzte, dass sie etwa eineinhalb Meter lang waren, und alle waren sauber abgeschnitten worden.

„Oh, hey."

Gray schoss herum, als er die raue Stimme hinter sich vernahm, und musste sich an seinem Schreibtisch festhalten, damit er nicht das Gleichgewicht verlor. Er hatte nicht einmal mitbekommen, dass die Tür sich geöffnet hatte, denn er war zu beschäftigt gewesen, sich darüber zu wundern, was dieses Holz in seinem Haus zu suchen hatte.

„Du siehst besser aus", sagte der Mann. Er ging an Gray vorbei und lehnte den Ast, den er mitgebracht hatte, an die Wand. In der anderen Hand hatte er ein flacheres Stück Holz. Und in seinem Hosenbund steckte die Waffe.

Gray wusste nicht, was er sagen sollte, während er zuschaute, wie der Mann sich vorbeugte und begann, die anderen Äste aufzuheben und an die Wand zu lehnen. Eine feuchte Nase drückte sich an Grays Hand. Er schaute nach unten und entdeckte den Schäferhund, der an ihm schnüffelte. Er strich mit der Hand über den Kopf der Hündin.

„Ist es okay, dass sie hier drin ist?", fragte der Kerl und Grays Blick zuckte hoch. Er sah, dass der Mann ihn beobachtete.

War es okay, dass der Hund im Haus war? Scheiße, nichts von dem, was vor sich ging, war okay.

„Ich habe es geschafft, sie ein wenig sauber zu machen", meinte der Mann und Gray schaute erneut nach unten. Er stellte fest, dass der Hund tatsächlich ein wenig besser aussah.

„Hast du mein Shampoo dafür benutzt?", fragte Gray überrascht, als er den holzigen Geruch erkannte, den das Tier ausstrahlte.

„Ja. Das habe ich in der Dusche gefunden. Hat besser funktioniert als erwartet."

„Das sollte es auch", brummte Gray. „Eine Flasche kostet einhundert Dollar."

Der Kerl prustete, doch er erwiderte nichts. Stattdessen sagte er: „Du solltest etwas trinken, sonst dehydrierst du."

Bei der Erinnerung an seine Situation richtete Gray sich so weit auf, wie er konnte, denn allein bei dem Gedanken an Trinken wurde ihm sofort wieder speiübel.

„Darf ich mir das mal ansehen?", fragte der Mann und plötzlich stand er nur ein paar Zentimeter vor Gray. Die plötzliche Lust, die Gray überfiel, war überraschend. Es war nicht so, dass der Mann nicht sein Typ war, denn das war nie Grays Problem - ein toller Schwanz, ein enger Arsch und ein Mund, den man gut ficken konnte, das war alles, worauf es Gray ankam. Aber das war vorher ... und dieser Mann hatte all dies. Er war groß - mindestens einen Meter achtundachtzig, hatte breite Schultern und eine breite Brust, die in eine schmale Taille mündete. Das dunkelgrüne T-Shirt war eng und deutete gut definierte Muskeln an.

Das Gesicht des Mannes war nicht klassisch gutaussehend, aber bei dem Anblick seines breiten, stoppeligen Kinns wollte Gray wissen, wie es sich anfühlte, wenn es über seine Haut rieb, während diese vollen Lippen seinen Körper erkundeten. Stürmische, grau-blaue Augen wurden von schwarzen Wimpern umrahmt, die zu lang für einen Mann wirkten, aber dennoch zu diesem Kerl passten. Dunkle Augenbrauen, die nur ein wenig heller waren als die kurz geschorenen Haare, schwangen sich gleichmäßig über tiefliegende Augen, die Gray neugierig studierten. Es dauerte einen Moment, bis Gray bemerkte, dass der Kerl ihm eine Frage gestellt hatte.

„Was?“

„Kann ich mir deine Rippen ansehen?“

Die Hand des Mannes langte bereits nach Grays Shirt und erst da fiel diesem auf, dass er nicht einmal daran gedacht hatte, sich anzuziehen, als er aus dem Bett gestiegen war. Wenigstens trug er eine Jogginghose und ein T-Shirt, doch er wusste mit Sicherheit, dass er das noch nicht getragen hatte, als er gestern die Toilette umarmt hatte. Er wollte den Mann schon fragen, ob er es auf magische Weise geschafft hatte, sich selbst aus- und wieder anzuziehen, als warme Finger auf seine Brust drückten.

„Verdammt“, sagte Gray und zog sich zurück.

„Es tut immer noch weh?“

„Ja“, murmelte Gray und versuchte, das Kribbeln zu ignorieren, das die Finger des Mannes hinterlassen hatten. Wenigstens musste er sich keine Gedanken machen, dass er einen Ständer bekam. Ein beschissener Hoffnungsschimmer, wie er fand. „Aber nicht so schlimm wie gestern“, fügte er hinzu, als er den schuldbewussten Ausdruck in den Augen des anderen Mannes sah. Er hatte keine Ahnung, warum er sich überhaupt darum sorgte.

„Du solltest dich trotzdem untersuchen lassen.“

Seine Finger tasteten immer noch Grays Seite ab. „Bist du etwa Arzt?“, fragte er, als ihm auffiel, wie gezielt die Berührungen waren.

Der Mann schüttelte den Kopf. „Nur eine kurze Ausbildung im Feld.“

„Militär?“

Ein kurzes Nicken. Das hätte Gray beruhigen sollen, doch dann bemerkte er die gezackte Narbe, die von der Schläfe des Mannes bis in sein Haar reichte. Da fiel ihm etwas von gestern wieder ein - der Mann hatte geblutet, als er Gray in den Truck geholfen hatte.

„Kannst du tief Luft holen?“

Gray wurde aus seinen Gedanken gerissen, als der warme Atem des Mannes über seine Haut strich, während er ihn weiter untersuchte. Scheiße, scheiße, scheiße - er wollte sich nicht zu diesem Kerl hingezogen fühlen.

Er zog sein Shirt herunter und machte ein paar Schritte rückwärts. „Alles ist gut", sagte er bestimmt.

Ein harter Blick fixierte ihn einen Moment lang, doch er konnte nicht sagen, was der Andere dachte. Erneut durchfuhr ihn Angst und unwillkürlich machte er einen weiteren Schritt zurück. Plötzlich zuckte etwas in den Augen des Mannes, dann wurden sie wieder ausdruckslos. Gray war sich nicht sicher, was er gesehen hatte. Enttäuschung? Das konnte nicht stimmen.

Der Mann drehte sich wieder zu den Ästen, die er an die Wand gelehnt hatten, und begann, einen nach dem anderen einzusammeln, bis er sie alle auf dem Arm hatte. „Ich wusste nicht, wo deine Autoschlüssel hingehören, deshalb habe ich sie in deine Schreibtischschublade gelegt", sagte er und wies mit dem Kinn zu Grays Schreibtisch, dann ging er zur Tür. „Dein Telefon ist auch dort."

Bevor Gray reagieren konnte, marschierte der Mann zur weit geöffneten Eingangstür. Gray schaute ihm nach, dann öffnete er die Schublade und entdeckte sein Telefon und seine Schlüssel. Kurz zögerte er unentschlossen, dann eilte er hinter dem Mann her. Er trat nach draußen und hörte, dass neben dem Haus Holz auf Holz landete. Als er die Stufen hinuntergegangen war, ging der Mann an ihm vorbei, die Tasche über der Schulter geschlungen und der Hund neben ihm. Es kostete Gray alle Kraft, die er hatte, um aufzuschließen und sich ihm in den Weg zu stellen. Er war froh, dass der Mann stehenblieb, statt um ihn herum zu gehen oder ihn aus dem Weg zu stoßen.

„Wofür war das Holz?"

Der Kerl beäugte ihn einen Moment, dann sagte er: „Ein Bücherregal."

„Ein Bücherregal?", fragte Gray erstaunt.

„Du hast eine Menge Kisten, auf denen ‚Bücher' steht, aber ich habe keinen Platz für sie gesehen. Auf deinem Grundstück waren ein paar umgefallene Birken, die immer noch in guten Zustand waren, also ..."

Der Mann verstummte und Gray war überrascht, als er der Blick senkte. „Ich dachte, das wäre eine gute Übergangslösung, bis deine eigenen Regale eintreffen oder du welche gekauft hast." Er schüttelte den Kopf und trat um Gray herum. „Ich habe das Holz auf dem Haufen hinter dem Haus gebracht. Du kannst es einfach in den Kamin werfen, dann wird es nicht verschwendet."

Zum ersten Mal in seinem Leben war Gray sprachlos. Und er fühlte sich schrecklich. Ohne sich umzudrehen, rief er: „Wie heißt du?"

Als keine Antwort kam, drehte er sich doch um und stellte überrascht fest, dass der Kerl stehengeblieben war und ihn ansah. „Luke", sagte er schließlich.

„Luke wie?"

„Nur Luke."

Gray nickte. „Brauchst du für ein paar Tage ein Dach über den Kopf, Luke?"

Luke schaute zu, wie Gray langsam und schwerfällig in der Küche hantierte. Er wollte schon darauf bestehen, dass der Mann Platz nahm und sich ausruhte, während Luke das Mittagessen zubereitete, doch er blieb still. Da war etwas in Grays Augen gewesen, nachdem er sich vorgestellt und Lukes Hand geschüttelt hatte - eine eiserne Entschlossenheit. Anscheinend hatte Gray etwas zu beweisen. Dieser Blick und das seltsame Gefühl unter Lukes Haut, als ihre Handflächen sich berührt hatten, beschäftigte Luke seit fünfzehn Minuten.

Grays Angebot anzunehmen, war leicht gewesen, denn hatte schlicht und einfach keine andere Möglichkeit mehr. Er hatte weniger als zwanzig Dollar in der Tasche und keinen Ort, wohin er gehen konnte.

„Ist Truthahn okay?"

„Ja", sagte Luke geistesabwesend, während er zusah, wie Gray im Kühlschrank wühlte. Sie beide schienen die gleiche Größe und

Statur zu haben, doch Gray hatte eine raue Eleganz an sich. Seine Haarfarbe war auch außergewöhnlich - dunkelblond, gewellt und mit karamell- und kupferfarbenen Akzenten. Aber es waren Grays Augen, bei deren Anblick sich tief in Luke etwas regte. Er hatte schon bei vielen Frauen grünbraune Augen gesehen, aber bei keiner hatte dies so wunderschön ausgesehen wie bei Gray. Grün an den Rändern, das zu einem sanften Goldton wurde.

Luke wusste, dass es bescheuert war, irgendetwas an diesem Mann als wunderschön zu bezeichnen, besonders seine Augen, doch es war noch viel bescheuerter, dass er diesen Anflug von Angst in Grays Blick verflucht hatte, als Gray vor ihm zurückgewichen war, während Luke die Verletzung untersuchte, die er verursacht hatte. Es war nicht das erste Mal, dass Luke diese Reaktion ausgelöst hatte, aber es war das erste Mal, dass sie ihn verletzt hatte.

„Es ist nichts Besonderes, tut mir leid", sagte Gray und schob ihm ein Sandwich mit Truthahn hin. „Ich hatte diese Woche noch keine Zeit zum Einkaufen." Grays Blick wanderte von Luke zu dem Hund, der ruhig zu Lukes Füßen lag. „Hat sie einen Namen?", fragte Gray und gab dem Hund ein paar Scheiben Truthahn.

Luke schüttelte den Kopf. „Dieses Stück Scheiße, das sie verprügelt hat, hat sie ein wertloses Dreckstück genannt, also denke ich eher nein. Zumindest keinen, den sie für den Rest ihres Lebens tragen sollte."

Grays Blick hob sich wieder zu Luke und ein weiterer seltsamer Schmerz durchfuhr ihn. Was war nur los mit ihm? Er nahm das Sandwich und biss hinein, um sich abzulenken.

„Sie gehört wirklich nicht dir?", fragte Gray.

Luke schaute zu dem Hund, der brav zu Grays Füßen saß und vorsichtig das Futter nahm, das ihm angeboten wurde. „Nein. Ich bin an einem Haus vorbeigekommen und habe gehört, wie sie jaulte. Ich habe nachgesehen und gesehen, wie ein alter Typ sie mit einem Kantholz geschlagen hat. Der Wichser hatte sie an einen Baum gebunden, damit sie sich nicht in Sicherheit bringen konnte." Luke legte die Hand auf den Kopf des Hundes und streichelte ihn. „Als ich ein Kind war, wollte ich immer einen Hund haben", meinte er. Der Schäferhund lehnte sich an sein Bein, während er immer noch Truthahn von Gray bekam.

„Anscheinend ist dein Wunsch in Erfüllung gegangen", sagte Gray leise. Luke hob den Blick und schaute ihn an. Es dauerte einen Moment, bis er die richtigen Worte fand. Hitze schoss über seinen Rücken und er musste den Blickkontakt unterbrechen.

„Richtiger Hund, falscher Zeitpunkt", murmelte er. „Du hast es schön hier. So ein Hund könnte das Haus bewachen."

Es dauerte einen Moment, bis er Gray antwortete: „Ich denke darüber nach", sagte er sanft, dann strich seine große Hand über die Schnauze des Hundes, nur Zentimeter von Lukes Fingern entfernt. „Der Hund, den du als Kind haben wolltest - wie sollte er heißen?"

„Ripley." Auf Grays verwirrten Blick hin sagte Luke: „Du weißt schon, diese knallharte Frau aus den *Alien*-Filmen."

Gray schüttelte den Kopf. „Habe ich nie gesehen."

„Nicht einmal den ersten?"

„Ich habe mich als Kind nicht besonders für Filme interessiert. Bücher waren eher mein Ding." Gray schielte zu dem Hund und lächelte. „Ripley. Das passt", fügte er nachdenklich hinzu.

Luke zwang sich, den Blick von diesem warmen Lächeln loszureißen, das sich auf Grays Gesicht ausbreitete. „Du isst nichts?", fragte er und biss erneut ab.

Bei dem Gedanken an Essen wurde Gray sofort blass. „Äh, nein", sagte er schnell.

„Du solltest versuchen, etwas zu essen ... Toast oder Suppe, wenn du so etwas hier hast."

Ein weiteres Kopfschütteln, dann schloss Gray die Augen. Luka stand schnell auf und legte das Sandwich auf die Anrichte, sodass es außerhalb von Grays Blickfeld war. „Geht es dir gut?", fragte er und legte eine Hand auf Grays Schulter. Der andere Mann war vollkommen angespannt, doch er schaffte es zu nicken. Luke setzte sich wieder und wartete. Es dauerte mehrere Minuten, bis Gray seine Augen öffnete.

„Sag mir nur eins", sagte Gray. Luke erstarrte, aber blieb still. „Die Pistole ... hast du sie, weil du bei Militär warst, oder weil du sie brauchst?"

Luke studierte Gray einen Moment, dann sagte er: „Ich vermute, dass du die Antwort bereits kennst."

Gray war so lange still, dass Luke schon aufstehen wollte, um seine Sachen zu nehmen und zu verschwinden. Doch als sich Grays Finger um sein Handgelenk schlossen, musste er tatsächlich ein Stöhnen unterdrücken, denn er konnte die Berührung im ganzen Körper spüren.

„Eine letzte Frage", sagte Gray leise.

Luke schwankte innerlich immer noch, weil die Berührung dieses Mannes verrückte Dinge mit ihm anstellte, also nickte er einfach.

„Würdest du bitte das Bücherregal fertig bauen?"

„Gray."

Gray öffnete die Augen, als eine Hand auf seiner Schulter landete. Es dauerte einen Moment, bis sein Blick sich geklärt hatte, doch dann konnte er sehen, wie Lukes dunkle Augen ihn besorgt beobachteten.

„Tut mir leid", sagte Gray und versuchte, sich auf der Couch aufzusetzen. „Anscheinend war ich müder, als ich angenommen hatte", murmelte er, als er die Erschöpfung bemerkte, die ihn immer noch durchdrang.

„Trink das", hörte er Luke sagen, dann wurde ihm eine Flasche Wasser in die Hand gedrückt. Der Geschmack von Metall erfüllte sofort seinen Mund und er versuchte, Luke die Flasche wieder zurückzugeben. „Es geht mir gut."

„Trink", sagte Luke erneut und bei diesem rauen Befehl überkam Gray ein Schauer. Er wollte schon eine Diskussion anfangen, als er die Decke auf seinem Schoß entdeckte - die noch nicht da gewesen war, als er sich auf die Couch gesetzt hatte, um eine kleine Pause zu machen, nachdem er Luke mit dem Bücherregal geholfen hatte. Nicht dass er eine große Hilfe gewesen wäre, denn er hatte keine Ahnung vom Heimwerken und hatte eigentlich zugesehen, wie Lukes starker Körper sich angespannt hatte, während er sorgfältig die verschiedenen Teile aus Holz zusammengeschraubt hatte. Es war Lukes Vorschlag gewesen, dass Gray sich einen Moment hinsetzte. Gray vermutete, dass er genauso beschissen aussah, wie er sich fühlte. Das Letzte, woran er sich erinnerte, war, wie er auf die glatten, weichen Polster der schokoladenfarbenen Ledercouch gesunken war und zugesehen hatte, wie Lukes große Hände über den ersten Regalboden gestrichen hatten, den er an die Äste, die die Seite und die Rückseite des Bücherregals darstellten, montiert hatte.

Gray öffnete die Flasche und wollte am liebsten mit dem Kopf schütteln, weil er sich allein davon so erschöpft fühlte. Er hatte damit gerechnet, aber sein momentaner Zustand spottete jeder Beschreibung. Wie erwartet, war seine erste Reaktion, als das Wasser durch seine Kehle rann, es wieder auszuspucken, denn es schmeckte einfach falsch, doch er schloss die Augen und zwang sich, mehrere Schlucke zu nehmen. Wenigstens protestierte sein Magen nicht und nur deshalb war Gray in der Lage, noch ein paar Schlucke mehr zu nehmen. Luke, der auf dem Couchtisch vor ihm saß, nahm ihm die Flasche ab und stellte sie auf den Tisch.

„Trink alle paar Minuten ein wenig. Ich mache Abendessen.“

„Abendessen?“, sagte Gray überrascht und schaute aus dem Fenster. Draußen war es pechschwarze Nacht.

Luke stand auf und sobald er an der Couch vorbeigegangen war, schnappte Gray nach Luft, als der er das Bücherregal an der Wand entdeckte. „Luke, es ist toll“, sagte er leise. Die weiße Rinde war ein starker Kontrast zu den dunklen Regalbrettern und Gray stand auf, um es sich genauer anzusehen. Eine Hand schloss sich um seinen Ellenbogen, um ihn zu stützen, als er nähertrat.

„Fass die Regalbretter nicht an. Sie sind noch nicht trocken“, hörte er Luke sagen, als Gray über die Birkenäste strich. Das Möbelstück unterschied sich sehr von dem Stil, den Gray für gewöhnlich bevorzugte, doch er konnte den Blick nicht abwenden.

„Wie hast du das gemacht?"

Luke hielt ihn immer noch am Arm fest und Gray wusste nicht, ob er sich lösen oder bleiben sollte, wo er war. Da er befürchtete, ohne Lukes Unterstützung aufs Gesicht zu fallen, bewegte er sich nicht.

„Einfach so. Ich habe die Beize in deinem Schuppen gefunden ... Ich hoffe, es macht dir nichts aus, dass ich sie mir genommen habe, doch ich dachte, die dunklen Bretter würden gut zu der Birke passen."

Gray schaute zu Luke auf. „Ich habe einen Schuppen?"

Luke kicherte und der wundervolle Klang rieselte durch Gray.

„Da hinten. Ich nehme an, du wohnst noch nicht lange hier."

Gray schüttelte den Kopf und bereute es sofort, denn bei der Bewegung wurde ihm übel. Das musste Luke gespürt haben, denn er brachte ihn wieder zur Couch. „Ich habe dieses Holzhaus vor ein paar Jahren gekauft, als ich nach einem Rückzugsort gesucht habe, aber jetzt bin ich zum ersten Mal wirklich hier."

„Rückzug von was?", fragte Luke und legte die Decke über Grays Schoß.

„Vom Leben, schätze ich."

„Und du warst bisher nie hier? Wieso?"

„Mein Leben, schätze ich", sagte Gray lachend.

„Du lebst also nicht fest hier?"

„Nein. In L.A. - eigentlich in Malibu. Was ist mit dir? Wo kommst du her?" Das waren logische Fragen, doch sobald er sah, wie Luke den Blick senkte, wusste er, dass es ein Fehler gewesen war. Selbstverständlich wäre der Mann nicht daran interessiert, diese Art von Informationen über sich selbst preiszugeben. Er war ganz eindeutig auf der Flucht vor etwas Großem.

„Georgia", sagte Luke leise. „Fort Benning."

Gray war überrascht, als er das hörte, doch er beschloss, sein Glück nicht herauszufordern, indem er noch weitere persönliche

Fragen stellte. Und auf keinen Fall lag es daran, dass er die Hand ausstrecken und mit den Fingern über Lukes Wange streichen wollte, um den gequälten Blick, der sich auf dessen Zügen ausgebreitet hatte, verschwinden zu lassen. Das Klingeln des Telefons rettete ihn.

„Ich hole es", sagte Luke schnell, dann eilte er durch den Raum und holte Grays Handy aus seiner Schreibtischschublade. Er reichte es Gray und sagte: „Ich räume draußen auf."

Gray sah ihm nach, als er durch die Vordertür hinausging, bevor er auf sein Telefon schaute. Ein ungutes Gefühl überkam ihn, während sein Finger über dem Annahme-Button schwebte, doch als eine weitere Welle der Erschöpfung ihn überrollte, tippte er stattdessen auf den roten Button und ließ das Telefon auf den Tisch fallen. Er lehnte sich auf der Couch zurück und betrachtete das wunderschöne Möbelstück, während seine Gedanken zu dem mysteriösen Mann wanderten, der es gebaut hatte.

Bescheuert, bescheuert, bescheuert. Was hatte ihn bloß geritten, als er Gray erzählt hatte, woher er stammte? Nur eine Suche auf Google mit Lukes Vornamen und Fort Benning, mehr war nicht nötig, damit Gray genau wusste, wer er war.

Luke fluchte erneut, während er die restlichen Holzstücke auf den Stapel mit dem Kaminholz warf. Er marschierte zurück zum Schuppen und holte die letzten Stücke. Er hatte die Hände voll, als er bemerkte, dass Gray ihn beobachtete.

„Ich habe gehört, wie etwas gegen das Haus geschlagen hat", sagte Gray ruhig und schaute zu dem Feuerholz, das ordentlich aufgestapelt gewesen war, von dem aber nun einige Teile auf dem Boden verstreut waren.

„Tut mir leid", murmelte Luke. Er legte das Holz, das er mitgebracht hatte, auf den Stapel und langte nach den verstreuten Stücken. Gray half ihm, doch Luke konnte sehen, dass er immer noch unsicher auf den Beinen war, deshalb sagte er: „Lass es. Ich kümmere mich darum."

Gray ignorierte ihn und machte weiter. Seine Bewegungen waren langsam, und als er sein drittes Stück aufhob, hatte Luke fast alles Holz aufgesammelt. Luke nahm es ihm ab und legte es auf den Stapel.

„Du blutest", hörte er Gray flüstern. „Schon wieder", fügte dieser hinzu und Luke schaute an sich herunter. Er entdeckte Blut, das durch sein Shirt drang.

„Das ist nichts", brummte er.

„Komm ins Haus und lass mich nachsehen", sagte Gray, doch er gab Luke keine Möglichkeit, etwas zu erwidern - er drehte sich einfach um und ging wieder hinein.

Luke betrat das Haus und sah, dass Gray einen Stuhl vom Küchentisch weggezogen hatte. Auch wenn er Gray nicht sehen konnte, verstand er genau, was dieser von ihm erwartete. Er setzte sich auf den Stuhl und wartete. Kurz darauf kam Gray mit Verbandsmaterial in den Händen zurück.

Gray zog sich einen Stuhl heran und setzte sich Luke gegenüber. „Zeig es mir", sagte er und traf Lukes Blick. Etwas in Grays Augen brachte Luke dazu, ihm zu gehorchen. Er behielt den Blick auf Gray gerichtet, als dieser begann, die Wunde zu reinigen. Er war überrascht, dass Gray ihm nicht nur keine Fragen über die Verletzung stellte, sondern auch, dass er nicht einmal zusammenzuckte, während er das Blut wegwischte.

„Anscheinend sind ein paar Nähte gerissen", meinte Gray.

Luke zwang sich, nach unten zu sehen und spürte einen Stich, der nichts mit Schmerz zu tun hatte, als Grays Daumen vorsichtig die Wunde berührte.

„Ich bin Linkshänder, deshalb komme ich an diese Stelle nicht besonders gut heran", sagte Luke.

Gray schaute ihn überrascht an. „Du hast dich selbst genäht?"

Luke nickte bloß und er konnte sehen, wie Grays Gehirn arbeitete, dennoch stellte dieser keine der Fragen, die ihm offensichtlich auf der Seele lagen. „Denkst du, dass du ein paar Stiche machen kannst?", fragte Luke.

Gray wurde blass, doch er zögerte nur kurz, bevor er nickte. „Wenn du mir sagst, was ich tun muss."

„Meine Ausrüstung ist in meiner Tasche", sagte Luke und schaute zur Couch, wo seine Tasche lag.

Statt sie zu durchsuchen, holte Gray sie kurzerhand und legte sie vorsichtig auf Lukes Schoß. Es dauerte nicht lange, dann hatte er seine Erste-Hilfe-Ausrüstung gefunden. „Zuerst muss die Wunde gereinigt werden."

Luke beobachtete Gray genau, als dieser aufstand, um sich die Hände zu waschen, und sich dann zurechtlegte, was er brauchen würde. So erschöpft er auch aussah, stand er doch sicher auf den Beinen und wirkte auch nicht, als würde er gleich in Ohnmacht fallen, bis Luke ihm die gebogene Nadel zeigte, mit der er die Nähte setzen würde. Als Luke erklärt hatte, was zu tun war, war Gray noch blasser als zuvor.

„Gray, keine Sorge. Ich kann das -", setzte Luke an, als er nach der Nadel griff.

„Nein, ich schaffe das schon", sagte Gray entschlossen. Er schloss die Augen und holte tief Luft. „Aber ... lenk mich ab, okay?"

Es lag Luke auf der Zunge, dass Ablenkung das Letzte war, was Gray brauchen konnte, doch als er die Angst in Grays Augen sah, fragte er: „Wieso Bücher?"

„Was?"

„Du sagtest, dass dir Bücher lieber waren als Filme, als du ein Kind warst. Wieso?"

Gray schaute kurz zu ihm, dann richtete er seine Aufmerksamkeit wieder auf Lukes Wunde und stach die Nadel durch Lukes Haut. Das tat höllisch weh, aber Luke schaffte es, ruhig zu bleiben und auf Grays besorgten Blick hin nickte er dem Mann kurz zu, um zu versichern, dass es ihm gut ging.

„Wieso Bücher?", fragte er erneut.

„Ich schätze, um mich in ihnen zu verlieren", murmelte Gray.

„Hattest du das denn nötig?"

Gray nickte bloß.

„Wieso?"

Gray schaute nicht auf, als er die erste Naht schloss. „Meine Eltern haben oft gestritten", war alles, was er sagte.

„Sind sie noch zusammen?", fragte Luke leise.

„Seit dreiundvierzig Jahren verheiratet", antwortete Gray ernst.

„Glücklich?"

„Wenn glücklich bedeutet, dass sie kein Wort miteinander reden und in getrennten Zimmern schlafen, dass meine Mom jeden Abend bis zur Bewusstlosigkeit trinkt und mein Dad eine Geliebte nach der anderen vögelt, dann ja, sie sind glücklich."

Als er den Schmerz in Grays Stimme hörte, wünschte Luke, er könnte die Hand ausstrecken und über das Gesicht des Mannes streichen. Aber da das vollkommen bescheuert wäre, fragte er stattdessen: „Welche Art von Büchern?"

„So ziemlich alles, was ich in die Finger bekam. Die Klassiker - Steinbeck, Hemingway. Vonnegut war mein Held."

„Bist du deshalb Autor geworden?"

Gray hielt mitten in der Bewegung inne und schaute auf. „Woher weißt du das?"

Luke deutete auf die geöffnete Kiste mit Büchern in der Ecke des Wohnzimmers. „Ich wollte sichergehen, dass das Bücherregal stabil genug ist, um deine Bücher zu tragen, deshalb habe ich ein paar herausgenommen. Du hast geschlafen", fügte er schnell hinzu. „Ich habe dein Bild auf einem Einband gesehen."

Gray schien ein wenig enttäuscht zu sein und Luke fühlte sich schuldig, auch wenn er nicht wusste weshalb. „Gray -"

„Wie ist das?", fragte Gray, als er die letzte Naht verknotete. Luke schaute nach unten und sah, dass die Wundränder wieder geschlossen waren, und dass Grays Stiche erstaunlich gleichmäßig und fest waren.

„Perfekt", sagte Luke. „Vielen Dank."

„Na ja, du bist ein guter Patient", sagte Gray leichthin, doch er klang gezwungen und unnatürlich.

„Gray, ich wollte dich nicht verärgern ..."

„Das hast du nicht", sagte Gray mit einem leichten Lächeln, doch bevor er aufstehen konnte, packte Luke ihn am Handgelenk und zog ihn wieder herunter, sodass ihre Knie sich berührten. Er ignorierte die Hitze, die von seinen Fingern bis in seinen Bauch schoss.

„Lügner", flüsterte er.

Gray schaute ihn an, dann zuckte sein Blick kurz zu Lukes Mund. Das reichte aus, damit Lukes gesamter Körper sich zusammenzog und seine Nervenenden durch eine nicht zu verleugnende Tatsache kribbelten. Er wollte Gray.

Die Wahrheit traf Luke so hart, dass er Grays Arm losließ und sich in seinem Stuhl zurücklehnte, um so viel Abstand zwischen sie zu bringen, wie er konnte. Diese Bewegung schien Gray aus seiner Starre zu holen. Er stand schnell auf und begann, die blutigen Utensilien aufzusammeln.

„Ich glaube, ich lasse das Abendessen ausfallen", meinte Gray. „Diese Magen-Darm-Grippe macht mich wirklich fertig. Du kannst das Gästezimmer neben meinem benutzen oder das andere am Ende des Flurs."

„Ich werde mich verabschieden", murmelte Luke und beobachtete Gray.

„Okay", sagte Gray kühl und ging in Richtung des Flurs, der zu den Schlafzimmern führte, doch nach ein paar Schritten blieb er stehen. Er drehte sich um, dann kam er wieder zurück und lehnte sich schwer an den Stuhl auf der anderen Seite des Tisches. „Es ... es hat mir gefallen, dass du nicht wusstest, wer ich bin. Es ist eine Weile her, seit ich mir keine Sorgen machen musste, dass ..."

Gray verstummte und er schaute zu Boden. „Ich wollte dir bloß helfen, Luke, so wie du mir gestern geholfen hast. Du hättest mich im Straßengraben zurücklassen können. Du hättest mein Haus ausräumen können, nachdem du mich hergebracht hast. Du hättest noch vieles andere ... Typen wie dich gibt es in meiner Welt nicht."

Nach dieser mysteriösen Aussage war Gray einen Moment lang still, dann hielt er Lukes Blick fest. „Was auch immer dir zugestoßen ist … du kannst mir vertrauen."

Damit drehte Gray sich um und verließ den Raum. Luke schaute zu seiner Wunde. Der gezackte Riss in seinem Fleisch war der Beweis dafür, was passierte, wenn man der falschen Person vertraute. Warum also wollte er Grays Worten so gern glauben?

Kapitel Drei

„Gray, wach auf.“

Gray versuchte, sich von der Hand, die ihn vorsichtig schüttelte, wegzudrehen, doch sie ließ ihm keine andere Möglichkeit, als die Augen zu öffnen. Sein Magen verkrampfte sich, als er Luke entdeckte, der neben ihm auf dem Bett saß und dessen Hintern Grays Hüfte durch die dünne Decke hinweg berührte. Allein Lukes Anwesenheit war eine Überraschung, doch die Reaktion seines Körpers war eine noch viel Größere. Während der wichtigste Teil seines Körpers nicht so reagieren wollte, wie er es sich wünschte, waren alle anderen Zeichen da, dass ein wunderschöner Mann wie Luke Lust in ihm hervorrief - erhöhte Körpertemperatur, feuchte Handflächen, beschleunigter Atem.

„Was ist los? Ist alles in Ordnung?“, fragte Gray und sein Blick wanderte zu Lukes Seite. Er wollte sichergehen, dass die Wunde nicht erneut blutete. Er wollte in seinem ganzen Leben nie wieder eine Nadel durch die Haut einer anderen Person stecken, doch für Luke würde er es tun, ohne nachzudenken, wenn es nötig war.

„Es ist alles in Ordnung. Du musst etwas essen.“

„Was?", fragte Gray erstaunt. Der Mann hatte ihn wegen Essen aufgeweckt?

Er drehte sich entschlossen auf die Seite. „Kein Hunger", brummte er müde.

„Wann hast du zuletzt etwas gegessen?"

Gray dachte nach, aber seine Stille schien die Antwort zu sein, die Luke erwartet hatte, denn plötzlich wurde er auf die Füße gezogen. Wenigstens hatte er gestern, als er zu Bett gegangen war, eine Pyjamahose angezogen, aber kein Unterhemd.

„Irgendwelche Übelkeit?", fragte Luke, während er Gray ohne Umschweife aus dem Zimmer zog. Ripley hatte neben Luke gesessen und nun presste sie ihre kalte Nase an Grays Hand.

„Ähm, nein", sagte Gray überrascht und löste sich aus Lukes Griff. Der metallische Geschmack war immer noch da, aber nicht mehr so stark wie zuvor. Er wollte Luke gerade für diese Anmaßung die Meinung sagen, als sein verräterischer Magen knurrte.

Ein Lächeln stahl sich auf Lukes Gesicht und Gray wollte den Mann gleichzeitig küssen und ihm eine reinhauen. „Komm schon, ich habe Eier gemacht."

Gray war froh, dass Luke nicht erneut nach ihm langte, denn eine weitere Berührung, und er wäre wahrscheinlich seinem ersten Instinkt gefolgt und hätte ihn geküsst. Er folgte Luke in die Küche und stellte überrascht fest, dass der Tisch für zwei gedeckt war und auf jedem Teller Eier waren. Es gab auch Toast und Kaffee.

„Du hattest nicht viel im Kühlschrank", meinte Luke und ging zur Anrichte, wo er den fast leeren Karton Milch wegräumte.

Gray nahm Platz und stocherte in dem Essen auf seinem Teller herum. So hungrig er auch war, beim Anblick der Rühreier drehte sich ihm der Magen um.

„Vielleicht probierst du es zuerst mit etwas Toast", schlug Luke vor.

„Ja, vielleicht", meinte Gray und schaute Luke zu. Gray machte nichts auf seinen Toast und war dankbar, dass er in seinem Magen blieb, nachdem er es endlich geschafft hatte, ihn hinunterzuschlucken. Luke und er aßen still, und als Luke fertig war, stand er auf und holte eine Flasche Wasser aus dem Kühlschrank. Gray war nicht überrascht, als Luke sie vor ihn stellte, statt selbst daraus zu trinken.

„Ich habe niemanden verletzt", platzte Luke plötzlich heraus. Gray hielt mitten in der Kaubewegung inne und starrte ihn an. „Und ich habe die Waffe nur auf dich gerichtet, weil ich verwirrt war - ich glaube, ich bin wegen der Hitze ohnmächtig geworden ... so bin ich im Straßengraben gelandet. Und dann hast du mich berührt. Ich habe einfach reagiert."

Gray schluckte den Rest hinunter, dann nahm er einen Schluck Wasser. „Verfolgt dich jemand?"

Luke nickte. Da er nichts hinzufügte, fragte Gray nicht, von wem. „Wieso bist du hierhergekommen?"

„Ich dachte, ein Freund von mir lebt hier in der Nähe, aber das tut er nicht mehr."

Gray wusste, dass das nicht die ganze Wahrheit war, aber statt Luke darauf anzusprechen, sagte er: „Hast du keine Familie? Andere Freunde? Eine Ehefrau oder Freundin?"

Ein Kopfschütteln. „Ich bin größtenteils in Heimen aufgewachsen. Und ein paar Pflegefamilien. Und dass ich in den letzten zehn Jahren fast pausenlos im Einsatz war, ist auch nicht gerade ein Traum für Frauen, die eine Familie gründen wollen." Ein Schatten zog über Lukes Gesicht, als er sagte: „Meine einzigen Freunde waren die Männer in meiner Einheit."

Was bedeutete, dass diese Männer entweder nicht mehr am Leben waren, oder sie der Grund waren, warum er auf der Flucht war.

„Gray, ich habe keine Ahnung, wer du bist, abgesehen davon, dass du ein Buch geschrieben hast. Ich habe gestern Abend darüber nachgedacht dich zu googeln, aber das habe ich nicht. Vielleicht bist du nicht auf der Flucht wie ich, aber ich glaube, du läufst ebenfalls vor etwas davon."

Die Wahrheit in Lukes Aussage traf Gray hart. Er hatte die

Flucht vor seinem Leben in L.A. nicht als solche bezeichnet, aber genau das war es.

„Wenn das Angebot, dass ich eine Weile hierbleiben kann, noch steht, dann würde ich es gern annehmen. Ich glaube nicht, dass die Leute, die hinter mir her sind, mich hier aufspüren werden, aber wenn es zu gefährlich wird, gehe ich. Ich werde dich nicht in Gefahr bringen."

Bei Lukes Worten entstand ein seltsames, warmes Gefühl in Grays Bauch, doch er ignorierte es und konzentrierte sich darauf, ein weiteres Stück Toast herunterzuwürgen. „Das Angebot steht. So lange du willst."

„Nur eins noch", sagte Luke und beugte sich vor. „Ich muss etwas beitragen. Ich kann gut mit den Händen arbeiten, also wenn es etwas gibt, dass getan werden muss …"

Grays Blick wanderte zu Lukes großen Händen und sein Mund wurde trocken. Er musste noch einen Schluck Wasser trinken, damit er das Brot herunterschlucken konnte.

„Ähm, ja, ich habe tatsächlich daran gedacht, ein wenig umzubauen. Ich wollte jemanden engagieren …"

„Toll", sagte Luke mit einem breiten Lächeln, bei dem Grays Magen sich verkrampfte. Scheiße, das war wirklich nicht gut.

„Oh Gott, ich glaube, mir wird schlecht", murmelte Gray, aber ein kurzer Blick von Luke sagte diesem, dass der Mann immer noch auf den Fernseher schaute. Sein Gesichtsausdruck zeigte eine Mischung aus Staunen und Schrecken.

„Ja, nicht wahr?", sagte Luke, während er zusah, wie das Alien aus dem Bauch des Mannes brach. „*Alien* in HD ist wirklich etwas", meinte er kichernd.

„Wie konnte mir dieser Film entgehen?", fragte Gray heiser, als die grausige Szene zu Ende war. Er legte die Hand auf den Hund, der sich zwischen ihnen auf der Couch ausgestreckt hatte. Es hatte

Luke überrascht, dass Gray Ripley auf das teuer aussehende Möbelstück gelassen hatte, doch als er sah, wie Gray zärtlich über das Fell des Tieres streichelte, wurde er ein wenig eifersüchtig.

Großer Gott, drei Tage mit diesem Mann, und Luke war ein Nervenbündel. Er war fast dreißig Jahre alt, war mit einigen Frauen zusammen gewesen und hatte den Großteil seines Lebens mit starken, selbstsicheren Männern verbracht, die selbst er, ein Hetero, als gutaussehend bezeichnete. Nicht ein einziges Mal hatte er sich auch nur ansatzweise zu einem von ihnen hingezogen gefühlt. Selbst sein offen schwuler Pflegebruder, den er im Alter von sechzehn Jahren kennengelernt hatte, hatte nichts anderes als Freundschaft in ihm geregt. Aber die Anziehungskraft, die Gray auf ihn ausübte, machte ihn langsam wahnsinnig. Jedes Mal, wenn er Gray ansah, oder auch nur hörte, wie seidig weich Gray seinen Namen sagte, erwachte Lukes Schwanz zum Leben und in seinem Kopf entstanden Bilder, wie er in Grays einladende Hitze eindrang, sodass Luke nach draußen oder in einen anderen Raum gehen musste. Ein paar Mal hatte er sich sogar einen runterholen müssen, damit er sich lange genug in einem Zimmer mit dem Mann aufhalten konnte, um über dessen Umbauideen zu sprechen.

„Luke."

Es dauerte einen Moment, bis Luke bemerkte, dass Gray mit ihm sprach, und es fiel ihm unglaublich schwer, den Blick von jenen langen, starken Fingern loszureißen, die immer noch durch Ripleys Fell strichen. Wie würde es sich wohl anfühlen, wenn sie um seinen Schwanz lagen? Wäre sein Griff fester als der von einer Frau? Rauer? Würde er genau wissen, wie viel Druck er ausüben musste, um Luke vor Verlangen wahnsinnig zu machen?

„Luke!"

„Was?" Sein Blick zuckte hoch.

Gray lachte. „Drückst du bitte Pause?", fragte er und deutete erst auf den Film, dann auf die Fernbedienung in Lukes Hand. Die Fernbedienung, die er mit dem Daumen gestreichelt hatte, während ihn die Vorstellung von Grays Lippen, die seine eigenen fast berührten, überfallen hatte.

„Ja", brachte er hervor und versuchte, seine Sitzposition zu ändern, denn er brauchte wirklich etwas mehr Platz in seiner Hose. Leider lag Ripleys Kopf auf seinem Bauch, was zum Glück seine Erektion vor Gray verbarg, doch Luke fühlte sich dadurch kein Bisschen besser.

„Möchtest du etwas zu trinken?", fragte Gray und stand auf. Auch wenn es ihm endlich besser zu gehen schien, bewegte er sich langsam und Luke hatte schon mehrmals bemerkt, dass er einnickte, wenn in einem Gespräch eine Pause entstand oder er sich auf die Couch setzte, um sich ein wenig auszuruhen.

„Nein, danke", sagte er und schob Ripleys Kopf von sich. Doch augenblicklich spannte der Hund sich an und knurrte. Luke langte bereits nach seiner Waffe, die er auf den Couchtisch gelegt hatte, als Ripley von der Couch schoss und begann, an der Vordertür zu bellen.

„Geh in dein Zimmer", fuhr er Gray an. „Schließ die Tür ab!"

Luke eilte zur Tür, als Gray ihm plötzlich in den Weg trat. „Luke, bleib ruhig. Es ist wahrscheinlich nichts", sagte er sanft und legte die Hand an Lukes Brust. Die Berührung half nicht, Luke zu beruhigen, und er trat um Gray herum und spähte durch ein Fenster neben der Tür hinaus. Als er das Polizeiauto vor Grays Truck entdeckte, überschlugen sich seine Gedanken. Er spürte Gray hinter sich und drehte sich um.

„In dein Zimmer, sofort!", brachte er hervor. „Wenn das hier schlecht ausgeht, sag ihnen, dass ich dich als Geisel gehalten habe", fügte er schnell hinzu, während er zur Tür langte und den Riegel schloss. Das würde ihm zwar nur wenig Zeit verschaffen, doch vielleicht genug, dass er die Bäume hinter dem Haus erreichte. Aber nur, wenn niemand die Hintertür sicherte.

„Verdammt, Luke, sieh mich an!", fauchte Gray. Luke war so abgelenkt, dass er erschrak, als Grays Hand sich um seinen Oberarm schloss und er gegen die Wand gestoßen wurde.

Es klopfte an der Vordertür. „Gray, hier ist Jax!", rief jemand.

„Er ist ein Freund", sagte Gray schnell, doch seine Augen ruhten weiterhin auf Luke. „Vertrau mir", fügte er hinzu. „Bitte."

Luke schaffte es, sich nicht gewaltsam von Gray loszureißen. Schließlich nickte er knapp und löste den Finger vom Abzug der Pistole.

„Bleib in deinem Zimmer", sagte Gray. „Ich kümmere mich darum."

Verdammt, warum sagte er ihm nicht gleich, dass er aufhören sollte zu atmen?

„Luke", wiederholte Gray sanft. Das Flehen in Grays Stimme setzte Luke in Bewegung. Doch er ging nicht in sein Zimmer - er blieb im Flur direkt hinter der Küche stehen, wo er außer Sicht war, aber jedes Wort mithören konnte, sodass er immer noch die Chance hätte zu fliehen, wenn Gray ihm in den Rücken fallen sollte, wie all die anderen.

„Ripley, aus", befahl Gray und entriegelte die Tür. Adrenalin durchflutete immer noch seine Adern. Luke hatte derart schnell umgeschaltet von vollkommen entspannt zu jemandem, der bereit war, sich selbst zu verteidigen, dass Gray einen Moment gebracht hatte, um mitzukommen.

„Deputy Reid", grüßte Gray, als er die Tür öffnete.

Jaxon Reid war ein Mensch, mit dem man sich nicht anlegte, was man ihm auch ansah, doch das hielt Gray nicht davon ab, etwas Neckisches in seinen Tonfall zu legen, obwohl er sehr angespannt war. „Wenn du meine Einladung zum Abendessen annehmen woll-test, hättest du Dane bitten sollen anzurufen. Er und ich hatten in letzter Zeit nicht oft Gelegenheit, uns zu unterhalten."

Jax verengte die Augen und Gray musste ein Lächeln unter-drücken. Er hatte mit Jax von Beginn an Schwierigkeiten gehabt, als er den Freund von Jax im einzigen Buchladen von Dare ange-sprochen hatte. Jax hatte deutlich gemacht, dass Gray nicht willkommen war, als der gutherzige Landtierarzt Dane Winters, der zufällig ein Fan von Grays Büchern war, ihn zum Abendessen eingeladen hatte. Anfänglich hatte Gray sich zu Dane hingezogen gefühlt, doch ihm war nicht entgangen, wie die beiden Männer sich angesehen hatten. Abgesehen davon war Gray nicht auf der Suche nach einem festen Freund oder auch nur einer schnellen Nummer, deshalb hätte er sowieso nichts unternommen. Er hatte die Einladung schon ablehnen wollen, als Jax sich eingemischt und Gray ausgeladen hatte. Das war eine Herausforderung gewesen, die Gray sich nicht entgehen lassen wollte. Das Abendessen war fürchterlich angespannt gewesen und in den folgenden Wochen hatte es große Probleme zwischen Jax und Dane gegeben, doch das Paar hatte es geschafft, sich zusammenzuraufen. Es hatte Gray nicht überrascht, als der große Mann wieder in die Stadt zurückgekehrt war und eine Stelle als Deputy beim Dare Police Department angenommen hatte. Er war auch mit dem gutaussehenden Tierarzt und dessen bezaubernder, kleiner Tochter zusammengezogen.

„Gray", brummte Jax zum Gruß. „Ich fürchte, ich bin offiziell hier", sagte er ruhig. „Darf ich reinkommen?"

Gray wurde angespannt und packte Ripley im Nacken, um die Hündin zurückzuziehen. Zum Glück war sie nicht aggressiv, und als Jax die Hand ausstreckte, damit sie daran schnüffeln konnte, wedelte sie mit dem Schwanz.

„Was gibt's, Deputy?", fragte Gray lässig.

„Kennst du Otis Lister?"

„Der alte Mann, dem der Schrottplatz außerhalb der Stadt gehört?", fragte Gray. Er war an dem heruntergekommenen Gelände schon dutzende Male vorbeigefahren, wenn er auf dem Weg in die Stadt war, aber ihm war nichts aufgefallen außer den verrosteten Autos, den Landmaschinen und den Haufen aus Altmetall überall. Er hatte den alten Mann weder kennengelernt noch jemals gesehen, aber er hatte genug Geschichten gehört, dass er ein gemeiner Drecksack war, der gelegentlich die Schrotflinte auf einen richtete, wenn man ihn beschuldigte, unehrlich zu sein. „Hab ihn nie kennenge-lernt“, sagte Gray.

„Er ist vor ein paar Tagen aufs Revier gekommen und hat zu Protokoll gegeben, dass ihn jemand angegriffen und seinen Hund gestohlen hat“, erklärte Jax und Gray versteifte sich, als Jax‘ Blick zu Ripley wanderte. „Einer seiner Nachbarn hat gesagt, dass er einen Hund, auf den die Beschreibung von Listers Hund passt, in deiner Einfahrt gesehen hat, als er auf dem Weg zu seinem Jagdrevier war.“

Scheiße.

„Ich habe den Hund mitgenommen“, sagte Gray schnell. „Ich habe gehört, wie Lister ihn schwer verprügelt hat, als ich an seinem Grundstück vorbeigefahren bin.“

Jax‘ Gesichtsausdruck fiel und Gray stellte überrascht fest, dass er enttäuscht aussah. Bevor er etwas sagen konnte, bemerkte er, wie Jax‘ Hand sich auf seine Waffe legte und sein Blick zu einem Punkt hinter Ray wanderte. Der Magen rutschte ihm in die Kniekehlen, als er sich umdrehte und Luke entdeckte, der sie beobachtete. Zum Glück war dessen Waffe nirgends in Sicht, doch Gray vermutete, dass sie in Reichweite war.

Gray wusste, dass Luke im Begriff war, etwas zu sagen, deshalb wandte er sich schnell wieder an Jax. „Muss ich mit aufs Revier kommen?“

„Gray ...“, setzte Luke an.

„Ist schon in Ordnung, Baby. Es wird nicht lange dauern“, sagte Gray und schaute Luke über die Schulter hinweg mit einem zu breiten Lächeln an. Er hoffte, dass der Mann die unausgesprochene Warnung, den Mund zu halten, verstand. Dann wandte er sich wieder an Jax und scherzte: „Sie werden immer so anhänglich - selbst die One-Night-Stands.“ Etwas blitzte in Jax‘ Blick auf, aber Gray ignorierte es. Jax‘ Augen wanderten einmal mehr zu Luke, dann wieder zu Gray.

„Ich muss den Hund mitnehmen“, sagte Jax ruhig.

„Nein“, sagte Luke eisig. Jax erstarrte und Gray spürte, dass die Situation drohte, außer Kontrolle zu geraten, als Luke hinter ihn trat.

Er behielt den Blick auf Jax gerichtet, während er hinter sich langte und die Hand auf Luke legte, auf dessen Bauch genauer gesagt. Er hoffte, damit sowohl Luke zum Schweigen zu bringen, als auch Jax davon zu überzeugen, dass Luke einfach ein übereifriger Liebhaber war.

„Jax", sagte er, um die Aufmerksamkeit des Mannes wieder auf sich zu ziehen.

Jax wandte sich wieder zu ihm. „Ich muss die Hündin mitnehmen, damit Dane sie untersuchen kann, Gray. Heute Nacht ist sie bei uns in Sicherheit."

Gray spürte, wie Luke sich unter seiner Berührung anspannte, doch zum Glück blieb er still.

„Und Lister?"

Jax antwortete nicht. Stattdessen sagte er: „Nicht die Stadt verlassen." Doch Gray hatte den Verdacht, dass er nicht ihn damit meinte. Jax öffnete die Tür. „Komm mit, Mädchen", sagte er zu dem Hund.

„Ripley", sagte Gray. „Ihr Name ist Ripley."

Doch der Hund trottete bereits zur Tür hinaus. Jax schaute ein letztes Mal zu Luke und ihm, dann ging er hinaus und zog die Tür hinter sich zu. Sofort entfernte Luke sich von Gray und diesem fehlte sofort etwas.

„Das hättest du nicht tun sollen", brachte Luke hervor, während er zum Fenster ging und hinausschaute. Gray blieb fast das Herz stehen, als er die Umrisse von Lukes Pistole deutlich in seinem Hosenbund erkennen konnte. Zum Glück hatte er sein Hemd darüber gezogen, doch wenn er Jax auch nur einmal den Rücken zugedreht hätte, hätte der erfahrene Cop sie entdeckt.

„Mir ist nichts Besseres eingefallen, um deine Anwesenheit zu erklären", sagte Gray vorsichtig. „Davon abgesehen ist Jax auch schwul, deshalb wird er sich nichts dabei denken. Und bei meinem Ruf -"

„Wovon zum Teufel redest du da?", fauchte Luke verärgert. Er war so aufgeregt, dass er immer wieder die Faust ballte.

„Luke, es tut mir leid, wenn ich dich beleidigt haben sollte, indem ich Jax habe glauben machen, dass du schwul bist, aber es war der einzige Weg -"

„Das ist mir scheißegal", brüllte Luke geradezu und kam auf Gray zu. Gray wich zurück, bis er die Tür erreichte, doch Luke kam weiter auf ihn zu, dabei blitzten seine Augen vor Wut. „Du hättest das nicht auf dich nehmen sollen!"

„Was?"

„Ich hatte alles im Griff!"

Wut stieg in Gray auf und er stieß Luke hart, sodass dieser einen Schritt zurücktreten musste, um nicht das Gleichgewicht zu verlieren. „Im Griff? So nennst du das? Wie war dein großartiger Plan? Dir den Weg freizuschießen? Er ist ein verdammter Polizist, Luke, nicht zu erwähnen mein Freund! Willst du mir sagen, dass du auf ihn geschossen hättest?"

Als Luke nicht antwortete, überfielen Zweifel Gray. Oh Gott, hatte er falsch gelegen? Hatte er gerade für einen kaltblütigen Killer seinen Kopf riskiert, statt für einen anständigen Mann, der unverschuldet in Schwierigkeiten geraten war?

Lukes Stille war so nervenzerfetzend, dass Gray am liebsten die Flucht ergriffen hätte. Doch er machte nur ein paar Schritte, als Lukes Hand sich um seinen Arm schloss.

„Ich hätte ihn nicht verletzt", sagte Luke schnell. „Das musst du mir glauben."

Die Worte allein reichten nicht aus, um Gray zu überzeugen, die Verzweiflung in Lukes Stimme allerdings schon. Gray nickte, doch als Luke ihn weiterhin festhielt, wurde Grays Nervosität zu etwas anderen. Etwas, das er nicht fühlen sollte - nicht für diesen Mann ... oder für irgendeinen anderen Mann.

„Du musst ihm die Wahrheit sagen."

Gray löste sich aus dem Griff, der begann, sich in seine Haut zu brennen. „Nein", sagte er. „Ich komme schon klar."

„Ich will nicht, dass du meine Schlachten für mich schlägst."

„Und ich will nicht, dass du dich in Gefahr begibst, weil du das

Richtige getan hast", schnappte Gray. „Ich bekommen allerhöchstens einen Klaps auf die Finger. Und das auch nur, wenn meine teuren Anwälte es nicht schaffen, dass die Anzeige fallengelassen wird, bevor die Tinte auf dem Papierkram getrocknet ist."

Luke sah aus, als wollte er noch etwas hinzufügen, doch dann spannte er den Kiefer an, drehte sich um und verschwand im Flur. Einen Augenblick später schlug eine Tür zu. Gray spürte, wie Erschöpfung ihn überkam, als das Adrenalin aus seinem Kreislauf verschwand, und es kostete ihn sein letztes bisschen Kraft, die Couch zu erreichen, bevor seine Beine nachgaben. Der Film war immer noch pausiert, doch er wollte ihn nicht ohne Luke schauen, deshalb langte Gray nach der Fernbedienung, die zwischen den Sofakissen steckte, und schaltete ihn aus. Er starrte lange Zeit auf den schwarzen Bildschirm, bis seine Augenlider schwer wurden und er seine letzten Energiereserven aufwenden musste, um in sein Schlafzimmer zu stolpern.

Kapitel Vier

„Wie geht es ihr?", fragte Gray in dem Moment, als er aus seinem Truck gestiegen war. Er hatte darüber nachgedacht, Dane anzurufen und nach Ripley zu fragen, doch dann hatte er nach einer wenig angenehmen Begegnung mit Luke an diesem Morgen beschlossen, stattdessen zum Haus des Tierarztes zu fahren. Gray hatte damit gerechnet, dass Luke in der Nacht verschwinden würde, was sich bestätigt hatte, als er am Morgen entdeckte, dass das Gästezimmer, das er Luke angeboten hatte, unbenutzt war. Erst als er das rhythmische Schlagen eines Hammers auf Holz hörte, hatte Gray gemerkt, dass Luke zwar noch da war, aber dass er sich auf das Dach zurückgezogen und begonnen hatte, wie versprochen die Löcher zu verschließen. Gray war nach draußen gegangen, um ihm einen guten Morgen zu wünschen, doch bei dem eisigen Blick, den Luke ihm zugeworfen hatte, war Gray wieder ins Haus gestürmt, um seine Autoschlüssel zu holen.

„Komm und schau selbst", sagte Dane vom Kopf der Treppe aus, die in ein großzügiges Haus im viktorianischen Stil führte. Es war eine Weile her, seit er Dane gesehen hatte, doch Gray konnte sehen, dass es dem Mann gutgetan hatte, die Liebe seines Lebens zu finden. Er sah … zufrieden aus.

„Geht es dir gut, Gray? Du siehst ein wenig blass aus", stellte Dane fest, als Gray ihm ins Haus folgte.

„Nur eine Grippe", wich er aus. Um das Thema zu wechseln, sagte er: „Ist die Steroide auf zwei Beinen nicht da?"

„Du weißt schon, dass du und Jax in etwa gleich groß seid, nicht wahr?", meinte Dane lachend.

Das wusste Gray, aber Jax hatte etwas an sich, wodurch er stets größer wirkte, imposanter.

„Jax hat etwas zu erledigen", sagte Dane und schloss die Tür. „Sie ist hier."

Er folgte Dane in die Küche und konnte ein Lächeln nicht unterdrücken, als er sah, dass Ripley unter dem Hochstuhl von Danes Tochter lag. Der große Hund versuchte, etwas, dass wie Babybrei aussah, von seiner Schnauze zu lecken, aber er kam nicht ran. Emma hatte den Kopf ausgestreckt, sodass sie den Hund sehen konnte, und löffelte Brei auf den Hund und den Boden.

„Hey, Ripley", rief Gray. Der Hund sprang auf und kam zu ihm, um ihn zu begrüßen. Gray wischte den Brei vom Gesicht des Tieres und ließ sie die Reste von seinen Fingern lecken. „Also wie lautet das Urteil?", fragte Gray und strich mit der Hand über den zu dünnen Körper der Hündin.

Danes Gesichtsausdruck verdüsterte sich, doch er fasste sich schnell wieder, damit seine Tochter keine Angst bekam, und räumte den Rest ihres Frühstücks weg. „Sie hat eine Menge durchgemacht. Sie wiegt etwa zehn Kilo zu wenig und wenn man den Zustand ihrer Haut und ihres Fells betrachtet, ist sie bestimmt auch fehlernährt. Ich konnte gestern Abend, als Jax sie hergebracht hat, ein paar Röntgenaufnahmen machen. Sie hat mindestens sechs verheilte Rippenbrüche und zwei frische. Man kann es aufgrund ihres Fells nicht sehen, doch ihr Körper ist von Narben übersäht, weshalb ich denke, dass Lister sie mit etwas Scharfem geschlagen hat - da der Kerl einen Schrottplatz hat, könnte es praktisch alles gewesen sein."

Grays Herz brach. „Irgendeine Ahnung, wie alt sie ist?"

„Zwischen zwei und drei."

Gray schüttelte den Kopf. „Bastard", brummte er.

„Wenigstens hast du sie gerettet", fügte Dane hinzu und holte Emma aus ihrem Sitz. Es gefiel Gray nicht, dass er die Lorbeeren dafür einheimste, die Hündin gerettet zu haben, doch er wusste auch, dass alles, was er zu Dane sagte, bei Jax landen würde.

„Du sorgst dafür, dass er sie nicht wieder zurückbekommen, oder, Dane?", fragte Gray und stand auf.

Bevor Dane antworten konnte, öffnete sich die Vordertür und Jax kam herein. Emma klatschte aufgeregt in die Hände und Gray konnte schwören, dass sie etwas brabbelte, das nach „Papa", klang.

Jax nickte ihm kurz zu, dann ging er zu seiner Tochter, um sie in die Arme zu nehmen.

„Guten Morgen, Kleines", gurrte er, dann beugte er sich herunter, um Dane einen Kuss zu geben. „Morgen", sagte er heiser.

Die Szene war so häuslich, dass Grays Brust eng wurde und er den Blick zu Ripley wenden musste, die sich an sein Bein lehnte. Eine Familie war nie etwas gewesen, dass er sich gewünscht hatte, aber nun ... na ja, nun spielte es keine Rolle mehr, denn es war zu spät.

„Kaffee, Gray?", hörte er Jax fragen und stellte überrascht fest, dass er allein mit ihm in der Küche war.

„Nein, danke", sagte er. „Ich habe heute Morgen meinen Anwalt angerufen, aber der ist an der Westküste, deshalb wird es wahrscheinlich eine Weile dauern, bis ich von ihm höre. Er wird anwesend sein wollen, wenn ich verhört werde."

Jax betrachtete ihn einen Moment, während er seinen Kaffee trank. „Das ist nicht nötig", sagte er schließlich. „Lister wird keine Anzeige erstatten. Er verzichtet auch auf den Hund, deshalb kannst du ihn mitnehmen."

Gray konnte seine Überraschung nicht verbergen. „Einfach so?"

„Einfach so."

Bei Jax' wissendem Blick wurde ihm unwohl, deshalb drehte er sich zum Gehen um, doch er machte nur ein paar Schritte, bevor die Neugier die Oberhand gewann. „Wie kommt's?"

Jax schien zu wissen, was er meinte, denn er sagte: „Ich habe mich heute Morgen lange mit Lister unterhalten." Er wirkte so ruhig und entspannt, dass Gray unwohl wurde. „Ich habe ihm nahegelegt, sich das mit der Anzeige noch einmal zu überlegen, und dass es keine gute Idee wäre, sich ein neues Haustier anzuschaffen."

Gray hätte gelächelt, wenn das, was Jax nicht aussprach, ihm nicht so auf der Seele gelegen hätte. „Wieso?"

Falls diese knappen Fragen Jax störten, zeigte er es nicht. Doch er antwortete auch nicht, deshalb fragte Gray: „Für Dane?" Das war die einzige logische Erklärung. Nie im Leben hätte Jax sich für Gray stark gemacht - das konnte einfach nicht sein. Der Mann hasste ihn.

„Nein, nicht für Dane", antwortete Jax und nahm sich frischen Kaffee. „Warum bleibst du nicht zum Frühstück, Gray?"

„Ähm, ich muss zurück", sagte Gray. Er wollte gern sagen, dass es wegen Luke war, aber dieses Gespräch mit Jax verwirrte ihn. Der Kerl war zu nett, und das konnte nur eines bedeuten ... er wollte etwas. „Danke", murmelte Gray und drehte sich zum Gehen um.

„Gray."

Gray erstarrte und zwang sich, sich umzudrehen. Da war es also ... der Gefallen, die Bitte ... was auch immer Jax im Austausch für seine Hilfe wollte.

„Wenn du das nächste Mal die Schuld für etwas auf dich nimmst, sorg dafür, dass deine Geschichte stimmig ist", sagte Jax leise. „Das Tempolimit auf der Straße, die an Listers Gelände vorbeiführt, ist Neunzig - bei dieser Geschwindigkeit hättest du den Hund unmöglich von deinem Truck aus hören können."

Hitze durchfuhr Gray. Jax hatte es also die ganze Zeit gewusst. Und er hatte es ihm nicht gesagt ...

Gray war sich nicht sicher, dass er ein Nicken zustande gebracht hatte, bevor er sich umdrehte und das Haus verließ. Ripley folgte ihm, ohne dass er sie dazu auffordern musste. Das war ein schönes Gefühl, denn er hatte sich bereits an den Hund gebunden. Das

Problem war bloß, dass er sich ebenso schnell an ihren neuen Besitzer gebunden hatte.

Luke hörte, dass der Truck näherkam, doch er schaute nur kurz von dem Loch im Dach, das er reparieren wollte, auf um sicherzugehen, dass es wirklich Gray war. Er war nicht überrascht, dass er nicht gegrüßt wurde - die Vordertür wurde nur zugeschlagen. Das war genau das, was er verdiente, nach seinem Verhalten am vorigen Abend. Wenn er hätte klar denken können, hätte er versucht, Gray die erbärmliche Angst zu erklären, die ihn überfallen hatte, als er den Wagen in Grays Auffahrt gehört hatte. Er hatte nicht einmal darüber nachgedacht, wie man ihn gefunden hatte, denn sein erster Gedanke war es gewesen, den Mann zu beschützen, der ihm Obdach gegeben hatte. Sein nächster Gedanke hatte der Flucht gegolten. Und dann hatte Gray es wieder getan - ihn ein zweites Mal gebeten, ihm zu vertrauen. Sich zu verstecken, widersprach Lukes Instinkten, doch er hatte es dennoch getan. Dann war diese Lüge über den Hund über Grays Lippen gekommen und Luke war in die Küche getreten, schockiert und wütend. Er hatte sofort den Blickkontakt mit dem Cop gesucht, deshalb war ihm nicht entgangen, wie die Hand des Mannes zu seiner Waffe gewandert war. Der ängstliche Ausdruck in Grays Gesicht, als dieser Luke entdeckt hatte, war ihm ebenfalls nicht entgangen.

Ein Bellen riss Luke aus seinen Gedanken. Er schaute nach unten und entdeckte Ripley, die zu ihm aufschaute und aufgeregt mit dem Schwanz wedelte. Unerwartete Freude überkam ihn bei dem Anblick der Hündin, gefolgt von der weniger erfreulichen Feststellung, dass er sich bereits mehr an das Tier gebunden hatte, als ihm lieb war. Luke lächelte und kletterte die Leiter, die an der Hauswand lehnte, hinunter. Als seine Stiefel den Boden berührten, stürzte Ripley sich auf ihn.

„Hey, Mädchen", sagte er und tätschelte ihre Seite. Er schielte zum Haus und wusste, dass er das unvermeidliche Gespräch mit Gray nicht mehr aufschieben konnte. Als er zur Tür ging, krampfte sich sein Magen zusammen wie am letzten Abend, als Gray seine Hand auf Lukes Bauch gelegt hatte. Luke wusste, dass diese Geste nur dazu diente, den Cop zu überzeugen, dass zwischen Gray und ihm etwas lief, aber verdammt, diese Berührung hatte Schockwellen durch seinen gesamten Körper gesandt und er war auf der Stelle hart geworden. Es hatte ihn kein bisschen gestört, dass Gray angedeutet hatte, Luke wäre schwul, aber zu erfahren, dass Gray schwul war, hatte Luke eine vollkommen neue Welt voller Gedanken und Vorstellungen eröffnet. Die Fantasien, die er über Gray hatte, schienen nun vielmehr eine Möglichkeit zu sein, wenn er nur darüber hinwegkommen konnte, dass er sich plötzlich, zum ersten Mal in seinem Leben, zu einem Mann hingezogen fühlte.

Luke ging hinein und fand Gray am Küchentisch vor, die großen Hände um eine Kaffeetasse gelegt.

„Hey", sagte Luke. Er schloss die Tür und zog die dünne Jacke, die er getragen hatte, aus. Auch wenn es Spätsommer war, waren die Vormittage in den Bergen von Montana kühl.

Gray ignorierte ihn und schaute aus dem Fenster.

„Hast du Hunger?", fragte Luke und ging zum Kühlschrank, um einen fast leeren Karton mit Eiern zu holen.

„Nein."

„Gray, du musst -"

„Essen, ich weiß", sagte Gray kühl. „Ich sage dir was, Luke. Du willst nicht, dass ich deine Schlachten für dich schlage, und ich will nicht, dass du meine für mich schlägst. Also warum gehen wir einander nicht einfach aus dem Weg?", fauchte Gray, dann stand er auf und ging zu seinem Schlafzimmer.

„Gray, es tut mir leid", sagte Luke. Er stellte die Eier zur Seite und folgte Gray. Er stieß fast mit dem anderen Mann zusammen, als er um die Ecke ging, denn Gray war stehengeblieben.

„Spar dir die Entschuldigung. Lister erstattet keine Anzeige, also ist dein Gewissen rein. Bleib, geh, es ist mir egal", schnappte Gray, dann stürmte er in sein Zimmer und schlug Luke die Tür vor der Nase zu.

Frustration überkam Luke und er riss die Tür auf, doch er erstarrte, als er sah, dass Gray gerade dabei war, sein Hemd auszuziehen. Der Anblick seines festen, gebräunten Körpers ließ Luke innehalten. Es war nicht das erste Mal, dass er Grays Körper sah, da er dem Mann an dem Tag, als sie sich kennengelernt hatten, in Jogginghose und ein T-Shirt geholfen hatte, doch da Gray zu diesem Zeitpunkt ziemlich krank gewesen war, hatte Luke keine Gelegenheit gehabt, die breiten Schultern, die definierten Muskeln und die schmale Taille des anderen Mannes zu studieren. Das Einzige, was diesen Anblick noch besser gemacht hätte, wäre, wenn die Hose als Nächstes dran wäre, doch Gray hatte aufgehört, sie aufzuknöpfen, als er die Tür gehört hatte.

„Gefällt dir, was du siehst?", fragte er gedehnt. Luke wusste, dass die Worte ihn aus dem Konzept bringen sollten, doch er konnte nicht anders, als sich zu fragen, was Gray tun würde, wenn er ja sagte. Oder besser noch, wenn er zu ihm gehen und ihm die Hose selbst ausziehen würde.

Dass er nicht antwortete, schien Grays Ärger noch weiter zu befeuern, denn er schüttelte nur den Kopf und ging in Richtung Badezimmer. Luke wusste, dass er einfach gehen sollte. Das Wenige einpacken, das er hatte, und sich wieder auf den Weg machen. Er könnte sich später etwas überlegen. Aber war dieses Haus nicht das gewesen, wonach er gesucht hatte, als er nach Montana gekommen war? Hatte er nicht gehofft, jemanden zu finden, dem er vertrauen konnte - der hinter ihm stehen würde, wenn es darauf ankam. Nein, er hatte nicht damit gerechnet, dass es ein Fremder sein würde, aber wie viele Männer würden schon das tun, was Gray gestern Abend für ihn getan hatte?

„Die Cops denken, dass ich jemanden umgebracht habe."

. . .

Gray blieb stehen, bevor er das Badezimmer erreichte. Er hatte gewusst, dass Luke etwas Schlimmes verbarg, doch er hatte nicht damit gerechnet, dass der Mann ihm die Wahrheit sagen würde.

„Ich habe es nicht getan", fügte Luke hastig hinzu.

„Ich glaube dir", sagte Gray, ohne zu zögern. Und das entsprach der Wahrheit. Gott helfe ihm, er hatte keine Ahnung, warum sein Bauchgefühl ihm sagte, dass er diesem Mann vertrauen konnte, doch es war so. Er drehte sich zu Luke um und stellte fest, dass dieser immer noch bei der Tür stand, seine Haltung starr und unnachgiebig.

„Jemand, dem ich vertraut habe, hat mir eine Falle gestellt ... und das getan", sagte Luke und deutete auf die Verletzung an seiner Seite. „Es ist sicherer, wenn du die Details nicht kennst."

Gray fragte sich, ob Luke zögerte, ihm alles zu erzählen, weil er ihm immer noch nicht vertraute. Doch das spielte keine Rolle, deshalb sagte er: „Ich kann dir die besten Anwälte besorgen. Ich weiß, dass Jax auch helfen würde - ich glaube, er war beim FBI ..."

Luke schüttelte den Kopf, aber erwiderte nichts.

„Okay", sagte Gray leise. „Sag mir, was du brauchst, Luke."

Ein verstörter Ausdruck huschte über Lukes Gesicht, dann fing er sich wieder. „Das hier, Gray. Genau das, was du tust. Das ist es, was ich brauche."

Gray wollte sagen, dass er noch mehr tun konnte, doch er konnte sehen, dass Luke sich bereits zurückzog, deshalb nickte er nur. „So lange wie nötig."

„Wo hast du das gelernt?", fragte Gray und versuchte, den Blick von Lukes Hintern loszureißen, als dieser sich über ein Teil des Fußbodens beugte, den er gerade an seinen Platz geklopft hatte.

„Ein Kerl, den ich im Boot Camp kennengelernt habe, hat eine Baufirma gegründet, nachdem er die Armee verlassen hat. Ich habe ihm ausgeholfen, wenn ich nicht im Einsatz war."

„Wolltest du das nach deiner Zeit im Dienst auch tun?", fragte Gray.

Luke hockte sich hin und wischte sich mit dem Unterarm über die Stirn. „Nein, ich war Berufssoldat."

„Berufssoldat?"

„Sobald ich mich verpflichtet hatte, wusste ich, dass ich dort hingehöre. Ich hatte vor, Ausbilder oder so was zu werden, wenn ich nicht mehr für den Dienst an der Front geeignet bin."

Gray setzte sich auf den Boden und lehnte sich an die Wand. „Wieso hast du dich verpflichtet?"

Luke nahm einen großen Schluck aus der Wasserflasche, die Gray ihm gegeben hatte. „Mein Pflegebruder wollte sich verpflichten. Er kam für mich einer Familie am nächsten und ich wollte ihn nicht verlieren, deshalb habe ich es auch getan."

„Habt ihr noch Kontakt?"

Luke schüttelte den Kopf. „Wir waren zwei Mal gemeinsam im Einsatz, doch dann wollte er auf die Polizeiakademie und ich hatte die Chance, ein Ranger zu werden, da haben wir den Kontakt verloren, als unsere Wege sich getrennt haben."

„Du bist ein Army Ranger?"

Lukes Gesichtsausdruck verdunkelte sich, aber er nickte.

„Du liebst es", stellte Gray leise fest.

Ein weiteres Nicken.

„Wieso?"

Eine Weile war Luke still und Gray wünschte sich, er dürfte sich einfach zu Luke beugen und dessen Lippen mit seinen berühren, um ihm Trost zu spenden.

„Zum ersten Mal hatte mein Leben einen Sinn", sagte Luke schließlich. „Und zum ersten Mal war ich in etwas wirklich gut."

„Das glaube ich nicht", flüsterte Gray.

Luke lachte. „Es ist wahr. Ich war ein lausiger Schüler ... Ich habe den Abschluss nur geschafft, weil Rhys mir Nachhilfe gegeben hat."

„Ist Rhys dein Pflegebruder?"

Lukes Blick schoss hoch und Gray merkte, dass ihm nicht bewusst gewesen war, dass er den Namen ausgesprochen hatte. „Ja."

„Wegen ihm bist du hergekommen, richtig?", fragte Gray. „Er ist Deputy beim Dare Police Departement."

Luke schluckte schwer. „Ich habe in den Nachrichten von der Sache mit ihm gehört - dass er in Chicago fälschlicherweise ins Gefängnis gesteckt wurde. Es hieß, dass er auf einer Ranch außerhalb von Dare arbeitet."

Gray kannte die Geschichte ebenfalls. Er hatte Rhys Tellar ein paar Mal getroffen, bevor dieser die Stelle als Deputy angenommen hatte. Rhys war vor ein paar Monaten nach Montana gekommen und war nun in einer Beziehung mit Callan Bale, dem Besitzer der CB Bar Ranch, und Finn Stewart, der auf der Ranch arbeitete.

„Wolltest du zu seiner Ranch, als wir uns getroffen haben?"

„Ich war auf dem Rückweg von dort. Ich wusste nicht, dass Rhys bei der örtlichen Polizei arbeitet. Ich habe gesehen, wie er in seinem Polizeiwagen in die Einfahrt gefahren ist und ich wusste ... ich wusste, dass er mir nicht helfen kann."

„Er hat dich nicht gesehen?"

„Nein. Ich habe ihn von hinter ein paar Bäumen an der Einfahrt zur Ranch aus beobachtet."

Plötzlich hatte Gray Mitleid mit ihm. Es war offensichtlich, dass Rhys Lukes letzte Hoffnung gewesen war. „Luke, Rhys schien ein anständiger Kerl zu sein ... Ich bin mir sicher, er würde dir helfen, wo er nur kann."

Luke schüttelte langsam den Kopf. „Ich kann ihn nicht in diese Position bringen. Endlich hat er es geschafft - das werde ich ihm nicht kaputt machen."

„Luke -"

„Wir sollten weitermachen", sagte Luke und wandte seine Aufmerksamkeit wieder dem Fußboden zu.

„Ich fahre für zwei Tage weg", hörte Luke über den Klang des laufenden Wasserhahns hinweg. „Ich muss morgen Nachmittag etwas in der Stadt erledigen und da ist es einfacher, wenn ich die Nacht dort verbringe. Ich denke, ich bin am Mittwoch wieder zurück."

„Okay", murmelte Luke, während er den Rest des Geschirrs auf den Küchenschrank neben die Spüle stellte. „Ich werde die Spülmaschine installieren."

„Toll", sagte Gray gleichgültig. Er schaute nicht einmal auf.

So ging es nun schon seit drei Tagen - die verkrampften Gespräche, die zu höflichen Begrüßungen, die unangenehme Stille. Und das war einzig und allein Lukes Schuld. Er hatte sich sehr unwohl gefühlt, nachdem er zugegeben hatte, warum er nach Montana gekommen war, und besonders, weil er unbeabsichtigt Rhys' Namen genannt hatte. Irgendwie hatte Gray Hawthorne es innerhalb von einer Woche geschafft, ihm unter die Haut zu gehen, deshalb hatte er das Einzige getan, das ihm einfiel. Er hatte dichtgemacht in der Hoffnung, dass Gray ihn dann in Ruhe lassen würde. Gray hatte ziemlich schnell verstanden und nicht mehr mit ihm geredet, abgesehen davon, ihn für die Arbeit mit dem Hartholzfußboden zu loben und ihm zu danken, dass er den tropfenden Wasserhahn im Badezimmer repariert hatte.

„Ich gehe eine Weile mit Ripley nach draußen", sagte er leise.

Keine Antwort.

Als er draußen war, spürte Luke, wie Frust sich seinen Weg an die Oberfläche bahnte und er ging zum hinteren Ende des Grundstücks. Es war dunkel, doch der Vollmond in dem wolkenlosen Himmel half ihm, den Weg zu dem Bach zu finden, der direkt hinter den Bäumen verlief. Ripley planschte fröhlich durch das Wasser und Luke setzte sich auf einen umgefallenen Baumstamm, der nur ein paar Meter vom Ufer entfernt war. Nur wenige Minuten später zeigte die kühle Luft ihre Wirkung und er spürte, wie die Anspannung in seinem Magen nachließ. Doch sie verschwand nicht vollkommen, und er wusste, dass sie das in Grays Gegenwart wohl auch niemals tun würde. Selbst wenn er die wachsende körperliche Anziehungskraft, die Gray auf ihn ausübte, beiseite ließ, konnte er nicht ignorieren, dass er sich zu Gray auf eine Weise hingezogen fühlte, wie er sie weder für die Männer in seiner Einheit noch für Rhys, als sie noch Kinder gewesen waren, je empfunden hatte. Und das ergab einfach keinen Sinn, denn er kannte den Mann seit weniger als einer Woche.

Vielleicht war es gut, dass Gray zwei Tage lang nicht da sein würde - die Woche war wie eine Achterbahnfahrt gewesen und es war gut möglich, dass es nur am Stress lag, dass seine Gefühle und seine Körper verrücktspielten. Doch als Luke sich auf den Weg zurück zum Haus machte, konnte er nicht umhin, sich zu fragen, was Gray in der Stadt zu erledigen hatte. Gray und er waren diese Woche schon zwei Mal in Missoula gewesen, um in den großen Baumärkten einzukaufen, und das Erste, was Luke aufgefallen war, war Grays Verhalten in der Öffentlichkeit. Meistens behielt er die Sonnenbrille auf und schaute sich ständig um, als rechnete er damit, dass sie verfolgt würden. Wenn er es nicht besser gewusst hätte, hätte Luke angenommen, dass Gray derjenige war, der auf der Flucht war. Vielleicht hatte er einen Stalker ... Luke hätte bei einem Autor nicht mit so etwas gerechnet, aber was wusste er schon?

Schon allein deshalb war es seltsam, dass Gray längere Zeit in die Stadt zurückkehrte. Da erinnerte sich Luke an die Anspielung, die Gray dem Cop gegenüber in Bezug auf Lukes Anwesenheit gemacht hatte -als wäre Luke nur irgendein Kerl, den er abgeschleppt hatte - und ihm kam ein hässlicher Gedanke. Gray hatte erwähnt, dass er einen gewissen Ruf hatte. Was, wenn er nach Missoula fuhr, um Sex zu haben? Luke bezweifelte, dass es in einer Kleinstadt wie Dare viele Möglichkeiten für Gray gab. Die Vorstellung brannte wie Säure in seinem Magen und die Anspannung, die er mit seinem Spaziergang abgeschüttelt hatte, kehrte mit voller Wucht wieder zurück. Oh Gott, ihm war nicht mehr zu helfen. Er wollte Gray, auch wenn er es nicht wollte, ihn zu wollen. Er fühlte sich Gray verbunden, auch wenn er es nicht wollte. Er vertraute Gray, auch wenn er es nicht sollte.

Luke betrat das stille Haus. Das einzige Licht kam von der Lampe über dem Spülbecken in der Küche, ein sicheres Zeichen, dass Gray schon zu Bett gegangen war, obwohl es noch recht früh war. Sosehr Lukes Gehirn ihn auch dazu bringen wollte, in Grays Schlafzimmer zu stürmen und eine Erklärung dafür zu verlangen, was er in der Stadt vorhatte, ignorierte Luke es doch und ging in sein eigenes Zimmer. Er duschte kurz, dann ging er ins Bett. Stunden vergingen, in denen er versuchte, Schlaf zu finden, und als er in den frühen Morgenstunden hörte, wie die Tür des Raums neben seinem Zimmer sich öffnete, konnte er sich kaum davon abhalten, aus dem Bett zu springen, Gray aufzuhalten und ihm zu sagen, dass alles, was er wollte direkt vor seiner Nase war. Doch er wartete, bis er den Klang des Dieselmotors hörte, bevor er die Beine aus dem Bett schwang. Sein Schwanz war steinhart vor Verlangen und als er in die Dusche unter das heiße Wasser stieg, kam er innerhalb von Sekunden zu einem epischen Orgasmus, als er sich vorstellte, wie er in Gray eindrang, während der andere Mann seinen Namen flüsterte.

Er verbrachte den Rest des Tages damit, die Spülmaschine zu installieren, die Gray bei ihrer zweiten Fahrt nach Missoula gekauft hatte. Doch am späten Abend plagten ihn Gedanken an Gray mit einem unbekannten Liebhaber, aber dieses Mal brachte ein Marsch durch die dunklen Wälder ihm keine Erleichterung. Selbst auf Ripleys Mätzchen reagierte er nicht, und schließlich machte er sich um drei Uhr morgens daran, Grays Küchenschränke umzugestalten. Gray hatte erwähnt, dass er darüber nachdachte, aber da Luke nichts Besseres zu tun hatte, um nicht vor Eifersucht verrückt zu werden, baute er alle Türen ab und räumte die Schränke aus, damit er sie abschmirgeln konnte. Erst am folgenden Tag um die Mittagszeit war er so erschöpft, dass er auf der Couch einschlief. Es war dunkel, als er ein Auto in der Auffahrt hörte, und eine Mischung aus Angst und Freude überkam ihn, als er den Motor erkannte. Ripley eilte hinaus, sobald Luke die Tür öffnete, aber ein Blick auf Gray reichte aus, um Lukes Freude in Sorge zu verwandeln, als er Grays steife Schritte und seine vorsichtigen Bewegungen sah.

„Gray?", rief Luke und eilte nach draußen, um nach Grays Arm zu greifen.

Gray schüttelte ihn ab und sagte: „Tut mir leid, dass ich so spät bin. Auf dem Highway war ein Unfall, deshalb war die Straße stundenlang gesperrt. Ich bin total fertig ..."

Luke schaute auf seine Uhr und stellte fest, dass die Abendessenszeit lange vorbei war. Er folgte Gray ins Haus, doch Gray blieb nicht stehen, als er die Katastrophenzone, die einmal seine Küche gewesen war, entdeckte. Er verlor auch kein Wort darüber, dass überall Geschirr aufgestapelt war und dass die Türen seiner Küchenschränke alle auf dem Tisch lagen.

„Gray, bist du wieder krank?", fragte Luke, als er im Licht des Hauses Grays Gesichtszüge erkennen konnte. Er war aschfahl und hatte dunkle Ringe unter den Augen. Seine Lippen sahen trocken aus und er klammerte seinen Mantel mit einer Hand zusammen, als wollte er auf diese Art die Kälte aussperren.

Gray schüttelte den Kopf. „Ich bin gestern Abend ausgegangen und hatte ein paar Drinks ... na ja, vielleicht mehr als ein paar", sagte er frech. „Nacht."

Das war für Luke wie ein Schlag ins Gesicht und er brachte es nicht über sich, Gray in dessen Schlafzimmer zu folgen. Also war Gray *wirklich* in Missoula gewesen, um sich mit jemandem zu treffen. Das hatte Luke von Anfang an vermutet, also wieso tat die Wahrheit dann so verdammt weh? Rasende Wut durchfuhr ihn und bevor er sich davon abhalten konnte, schlug er mit der Hand gegen die Wand des Flurs, der zu den Schlafzimmern führte. Schmerz schoss in seine Hand, doch das tat gut. Er drehte sich auf dem Absatz herum und verließ das Haus.

Gray hatte keine Ahnung, was das für ein Knall war, den er vor seiner Tür gehört hatte, aber er war zu müde, um sich Gedanken darüber zu machen, und setzte sich auf das Bett. Sein ganzer Körper tat weh, als er versuchte, aus seinen Schuhen zu schlüpfen, und schließlich gab er es auf. Er legte sich langsam zurück und schloss die Augen. Wahrscheinlich wäre es besser gewesen, eine weitere Nacht in dem Motel in Missoula zu verbringen, aber er war schon nervös genug, weil er fast zwei ganze Tage in der Stadt verbracht hatte. Er wusste, dass die Paparazzi ihn wohl in dieser schäbigen Absteige am Rand der Stadt nicht finden würden, während er gerade die Toilette umarmte, doch es war nicht das erste Mal, dass Paranoia ihn übermannt hatte. Schließlich hatte er hautnah miterlebt, zu was diese selbst ernannten Reporter fähig waren. Doch so sehr er auch sagen wollte, dass seine Angst vor der Presse der einzige Grund für seine zu schnelle Heimkehr war, wusste Gray doch, dass es eine dicke Lüge war. In dem Moment, als er gestern Morgen das Haus verlassen hatte, hatte ihn der Gedanke daran, ob Luke noch da sein würde, wenn er zurückkam, in den Wahnsinn getrieben. Eigentlich sollte es keine Rolle spielen, ob der Mann gegangen war oder nicht, angesichts der Kälte, die zwischen ihnen geherrscht hatte, doch es war so. Mehr, als Gray lieb war.

Auch wenn es nicht überraschend war, dass er sich körperlich zu Luke hingezogen fühlte, hatte er nicht damit gerechnet, wie sehr er die Gesellschaft des Mannes genoss. Da er den Großteil seiner Schulzeit mit der Nase in Büchern gesteckt hatte, hatte Gray in der Schule nicht viele Freunde gehabt. Und das war ihm auch recht gewesen. Im College war es nicht viel anders verlaufen, denn er hatte seine wenige Freizeit mit Schreiben verbracht und nachdem er eine Million Ausgaben seines ersten Buches verkauft hatte, hatte es nicht lange gedauert, bis seine sogenannten Freunde nur darauf aus waren, durch ihn im Rampenlicht zu stehen.

Aber das bedeutete nicht, dass Gray seinen frischen Ruhm, der ein Eigenleben entwickelt hatte, nachdem er sich in einem bekannten Magazin geoutet hatte, nicht genossen hätte. Für jemanden, der den Großteil seines Lebens unsichtbar gewesen war, hatte er den Ruf eines Playboys, zu dem seine Publizisten ihm geraten hatten, in vollen Zügen ausgenutzt. Ein Team aus Stylisten, ein Personal Trainer und ein Haufen Geld hatten dafür gesorgt, dass er sich die Männer aussuchen konnte. Groupies, Möchtegern-Promis, das hatte keine Rolle gespielt. Er hatte es sogar geschafft, ein paar ungeoutete A-Promis flachzulegen, die mit ihren Supermodel-Freundinnen oder Schauspieler-Ehefrauen über den roten Teppich schritten, und sich dann mit ihm in ein Motel schlichen, wo er sie gefickt hatte, bis sie sich nicht mehr an ihren eigenen Namen erinnern konnten. Anschließend hatte er es genossen, ihnen bei Veranstaltungen über den Weg zu laufen und die Angst in ihren Augen zu sehen, während sie sich fragten, ob er sie outen würde. Natürlich hätte er das nie getan, doch er hatte dieses perverse Spiel genossen, als er die Regeln erst einmal verstanden hatte. Und eine dieser Regeln lautete, dass keiner der Männer und Frauen, die um ihn herumscharwenzelten, ihn als brillant bezeichneten oder von seinen Büchern schwärmten, tatsächlich seine Freunde waren. Geld, Ruhm durch seinen Bekanntheitsgrad, Verbindungen - dies waren die Dinge, die die Leute in seinen Kreisen wollten ... nein, von ihm erwarteten.

Es wäre einfacher gewesen, wenn Luke ebenfalls so wäre, wenn auch nur ein wenig. Wenigstens könnte Gray dann die Stimme in seinem Inneren ignorieren, die ihm sagte, dass es dieses Mal anders war. Dass das, was Luke von ihm brauchte, vielleicht nichts damit zu tun hatte, wer er war, sondern damit, wer er hätte sein können, wenn er nicht zugelassen hätte, dass der Ruhm ihn in seine Fänge bekam und jemanden aus ihm machte, den er nicht mehr wiedererkannte. Aber soweit er wusste, wusste Luke nicht, wie berühmt er tatsächlich war, und was noch viel wichtiger war, er hatte nicht versucht, es herauszufinden. Durch eine kurze Suche auf Google hätte Luke erfahren, wer er war, wie viel er wert war und was die Boulevardblätter bezahlen würden, um auch nur zu erfahren, wo er sich aufhielt. Und wenn Luke herausfände, warum Gray in Montana war

... na ja, dann hätte er ausgesorgt, denn Gray würde jede Summe bezahlen, damit sein Geheimnis nicht ans Tageslicht kam.

Das Klingeln seines Telefons riss Gray aus seinem Selbstmitleid und so gern er es auch ignorieren wollte, konnte er doch nicht ewig den Kopf in den Sand stecken, wie er es seit Wochen getan hatte. Der Klingelton verriet ihn, wer der Anrufer war, deshalb sagte er, nachdem er das Telefon aus seiner Jacke gefischt hatte: „Hey, Sid."

Sidney Grant war ein brillanter Agent, doch Gray hatte keinen Zweifel daran, dass der Kerl für einen lukrativen Vertrag oder ein Unterstützungsangebot seine eigene Großmutter verkaufen würde. „Gray, wo zum Teufel warst du? Hast du irgendeine Ahnung, was hier los ist?"

„Es geht mir gut, Sid, danke der Nachfrage. Und wie geht es dir?"

„Cavelli droht, das Studio zu verklagen, und es ist im Gespräch, die ganze Sache platzen zu lassen!", brüllte Sid. „Und Foster denkt darüber nach, dein nächstes Buch zurückzuhalten."

Gray holte tief Luft und drehte sich auf die Seite. Das Telefon an sein Ohr zu halten, war ihm zu anstrengend und er wünschte sich, er hätte den Anruf nicht angenommen. Sid hielt nicht einmal lange genug inne, um ihm die Chance zu geben zu antworten. Gray schloss die Augen, während die schrille Stimme sich darüber beschwerte, wie viel Geld Gray verlor, und wie viel Geld Sid damit verlor.

„Wo bist du? Ich hole dich ab. Wir überlegen uns eine Strategie."

„Sid", sagte Gray müde. „Welchen Teil von ‚Ich brauche Zeit für mich selbst' hast du nicht verstanden?"

Sid schnaubte, dann dröhnte er weiter, als hätte Gray nichts gesagt. Gray wusste, dass dieses einseitige Gespräch die ganze Nacht dauern konnte, deshalb zwang er sich in eine aufrechte Position, damit er sich konzentrieren konnte. „Sid, halt den Mund und hör mir zu, okay?"

Sid verstummte, doch Gray spürt, dass der Mann sich kaum zurückhalten konnte. „Es interessiert mich einen Scheiß, was Cavelli sagt oder tut - er ist nicht der Richtige für die Rolle und ich werde seiner Besetzung nicht zustimmen. Und wir beide wissen genau, dass Len Fogle die Sache nicht platzen lassen wird ... sein Studio hat bereits zu viel Geld investiert."

„Aber Foster ..."

„Ist jede Ausrede recht, meinen Vertrag neu zu verhandeln. Sagst du nicht immer, dass jede Publicity gute Publicity ist? Lass dir von ihnen die Vorverkaufszahlen schicken, dann frag sie, ob sie die Veröffentlichung immer noch hinauszögern wollen."

„Wir brauchen trotzdem eine Erwiderung, wenn Cavelli an die Öffentlichkeit geht."

„Er wird auf jeden Fall an die Öffentlichkeit gehen, wenn das Studio ihm sagt, dass er die Rolle nicht bekommt. Und meine Reaktion wird dieselbe sein wie die auf seine Drohung ... Fick dich." Gray fasst sich an die Nasenwurzel, als es in seinem Kopf begann, sich zu drehen. „Gute Nacht, Sid", war alles, was er sagte, bevor er auflegte und das Telefon auf den Nachttisch warf. Er war überrascht, als Tränen in seine Augen traten und Übelkeit in ihm aufstieg. Vorsichtig stand er auf. Sein letzter Gedanke, bevor er sich über die Toilette beugte, war derselbe, den er im Motel immer und immer wieder gehabt hatte - er wünschte sich, Luke wäre hier, um ihn zu halten.

Kapitel Fünf

Luke sah, wie Gray in seinem Essen herumstocherte, aber statt etwas zu sagen, stand er einfach auf und ging mit seinem leeren Teller zum Spülbecken, wo er ihn abspülte und in die Spülmaschine stellte. Gray war seit zwei Tagen wieder zu Hause, aber es ging ihm schlechter statt besser, auch wenn Luke nicht wusste, wie das möglich sein konnte. Zwar hatte Grays körperliche Erscheinung drastisch verändert, aber wie sie miteinander umgingen, war noch genauso wie vor Grays mysteriöser Fahrt nach Missoula. Die einzige Ausnahme war eine kurze Diskussion am Tag nach Grays Rückkehr, als Gray die Spülmaschine gesehen hatte. Er hatte sich bedankt, doch dann hatte er etwas getan, dass Luke innerlich zerrissen hatte ... er hatte Luke bezahlt. Und damit hatte sich ihr Verhältnis vollkommen geändert. Luke hatte zwar das Geld nicht angefasst, das Gray auf die Anrichte gelegt hatte, doch Gray hatte es auch nicht zurückgenommen. Wäre Luke schlau, hätte er das Geld genommen und hätte es benutzt, um sich wieder auf den Weg zu machen. Aber er wollte Grays verdammtes Geld nicht ... er wusste nicht, was zum Teufel er wollte, aber das war es nicht.

Luke langte nach dem Brot, das auf den Kühlschrank lag, und steckte ein paar Scheiben in den Toaster. Sobald es ein wenig gebräunt war, legte er es auf einen Teller, ging zurück zum Tisch und gab es Gray statt des Hähnchens mit Gemüse, das Gray vorgegeben hatte zu essen. Luke entsorgte das unberührte Essen, dann setzte er sich wieder an den Tisch. Gray hatte das Brot nicht angefasst und das Glas mit Wasser war ebenfalls unberührt.

„Du musst zu einem Arzt, Gray", sagte Luke schließlich, als er Grays eingesunkene Augen und seine blasse Haut bemerkte. Er sah aus wie der Tod auf zwei Beinen. Als Gray ein Schauer überlief, stand Luke auf und holte eine Decke, die auf der Couch im Wohnzimmer gelegen hatte, und legte sie vorsichtig um Grays Schultern. Luke hatte bereits die Heizung im Haus hochgedreht und sogar ein Feuer im Kamin angezündet, doch Gray schien immer noch zu frieren. „Es kann nicht sein, dass du schon wieder die Magen-Darm-Grippe hast, und du bist auf jeden Fall dehydriert. Ein Arzt kann dir Flüssigkeit durch eine Infusion ..."

Grays leere Augen starrten weiterhin aus dem Fenster, während er die Decke um sich schlang. Es war so, als hätte der Mann ihn überhaupt nicht gehört.

„Gray", flüsterte Luke und legte die Hand auf Grays, die auf dem Tisch ruhte.

„Was?", fragte Gray verwirrt, als er sich schließlich wieder zu Luke wandte. Gray hatte ihn also nicht gehört. „Tut mir leid", murmelte er, als er den Toast entdeckte, der vor ihm stand. Ein leises Seufzen entkam ihm, als er seine Hand von Lukes löste und sich durch das Haar fuhr.

Luke wollte gerade wiederholen, dass Gray seiner Meinung nach einen Arzt brauchte, als er sah, dass Gray die Hand von seinem Kopf zurückzog. Er war schockiert, als er sah, was Gray zwischen den Fingern hielt, und ein stummer Schrei der Verleugnung erklang in seinem Kopf, als er realisierte, was er da sah.

Gray starrte auf seine Handfläche, dann lachte er leise auf. Er drehte die Hand um und Haare fielen neben seinem Teller auf den Tisch. Luke konnte den Blick nicht abwenden, als plötzlich alles Sinn ergab.

„Gray", war alles, was er hervorbrachte, und Grays plötzlich feuchte Augen wandten sich wieder zu ihm.

„Entschuldige mich", flüsterte Gray, dann stand er unsicher auf. Es dauerte einen langen Moment, bis Luke reagierte, dann stand er auf und folgte Gray zu dessen Schlafzimmer. Er fand Gray vor dem Spiegel in seinem Badezimmer vor, wo Gray einfach sein Spiegelbild anstarrte. Dann gaben seine Knie nach und Luke konnte ihn gerade noch rechtzeitig festhalten, bevor er auf dem Boden aufschlug. Gray brachte Luke aus dem Gleichgewicht, doch er schaffte es, dass sie beide auf ihren Knien landeten, Grays Rücken an Lukes Vorderseite gepresst. Die Decke, die um Grays Schultern geschlungen gewesen war, klemmte zwischen ihnen und Luke löste seinen Griff um Grays Brust lange genug, damit er sie herausziehen und wieder um Gray legen konnte.

Er hörte, wie ein weiteres trockenes Kichern Grays Lippen entkam. „Es stimmt", meinte Gray heiser. „Es wird erst dann Realität, wenn das hier passiert", flüsterte er und betrachtete die Haarsträhne auf seiner Handfläche.

Luke spürte Tränen, die in seinen Augen brannten, und er beugte den Kopf vor, sodass seine Stirn an Grays Nacken gepresst war. „Warum hast du es mir nicht gesagt?"

Gray schüttelte bloß den Kopf und sein gesamter Körper begann zu zittern. Luke spürte, wie etwas Nasses auf seinem Unterarm landete, der um Grays Brust geschlungen war. Ohne hinzusehen, wusste er, dass der Mann in seinen Armen weinte, denn einen Moment später erklang ein lautes Schluchzen.

„Es ist gut, Gray, ich bin hier", flüsterte Luke an Grays Nacken, während er den anderen Arme ebenfalls um Gray schlang und ihn so fest hielt, wie er konnte.

„Welche Art ist es?", fragte Luke und verstärkte den Griff um Grays Rücken. Falls Gray es seltsam fand, dass Luke ihn immer noch derart festhielt, während sie auf dem Boden des Badezimmers saßen, mit dem Rücken an die Badewanne gelehnt, sagte er nichts und zog sich auch nicht zurück. Luke dachte auch nicht weiter darüber nach, denn er war noch nicht bereit, Gray loszulassen, auch wenn dessen herzerweichendes Schluchzen sich gelegt hatten.

„Hodenkrebs", sagte Gray leise.

„Da ... da stehen die Heilungschancen gut, nicht wahr?"

Gray war so lange still, dass Luke spürte, wie Hitze ihn durchflutete, auch wenn sie auf kalten Fliesen saßen.

„Er hat sich auf meine Leber ausgebreitet."

Luke war, als müsste er sich übergeben. Krebs. Gray hatte Krebs, verdammt noch mal.

„Mein Arzt hofft, dass die Chemotherapie die Tumore bekämpft."

Tumore? Mehrzahl?

„Deswegen warst du also diese Woche in Missoula? Wegen der Chemo?"

Gray nickte. „Das war die zweite. Die erste war an dem Tag, als wir uns getroffen haben."

Plötzlich wurde Luke wütend. „Oh Gott, Gray, bist du in diesem Motel geblieben, damit ich nicht erfahre, dass du wieder krank bist?"

Gray erstarrte und versuchte, sich von Luke zu lösen, doch das ließ Luke nicht zu. Er holte mehrmals tief Luft, um seinen Ärger unter Kontrolle zu bekommen, dann sagte er: „Verlangen Krankenhäuser nicht, dass jemand dabei ist, wenn man Chemotherapie bekommt?"

„Ich habe sie überzeugt, dass zu Hause jemand für mich da ist."

„Was ist mit deinen Freunden? Deiner Familie?"

Gray schüttelte bloß den Kopf.

„Niemand weiß es?"

Gray befreite sich aus seinem Griff und stand auf. Luke stand ebenfalls auf und versuchte, Grays Arm zu packen, um ihn zu stützen, doch Gray schüttelte ihn ab und lehnte sich an das Waschbecken. Er starrte sich im Spiegel lange an, dann riss er eine Schublade auf. Er holte ein schwarzes Kästchen heraus und Luke zuckte zusammen, als er sah, was darin war. Es dauerte einen Moment, bis Gray die Haarschneidemaschine aus der Verpackung gelöst hatte, dann steckte er den Stecker in die Steckdose. Das Geräusch der Maschine war harsch.

„Gray", sagte Luke sanft und langte nach dem Gerät.

Doch Gray holte tief Luft, dann fuhr er mit der Maschine mitten durch sein Haar. Die Haare fielen leise herunter und Gray hielt inne, um sich das Resultat anzusehen. Tränen liefen an seinen Wangen hinunter und er versuchte, ein weiteres Stück abzurasieren, doch er war zu überwältigt und zitterte zu sehr, um das Gerät festhalten zu können, deshalb nahm Luke sie ihm ab und zog sie aus der Steckdose. Er senkte den Mund an Grays Ohr und flüsterte: „Lass mich das machen, okay?"

Gray nickte und ließ sich von Luke aus dem Badezimmer führen. Luke setzte Gray auf einen Küchenstuhl und suchte eine Steckdose. Gray zuckte zusammen, als Luke das Gerät wieder einschaltete, doch er wandte den Blick nicht von den Bäumen ab, die er durch das Fenster sehen konnte. Luke legte ein Geschirrtuch über Grays Schultern und rasierte zügig den Rest von Grays Haar, dann strich er die Locken auf den Boden. Er setzte sich auf den Stuhl neben Gray, der ihn endlich anschaute.

„Wie sieht es aus?"

Luke konnte nicht anders, als mit der Hand über die verbliebenen Stoppeln zu fahren. Er wollte Gray sagen, dass er noch genauso heiß aussah, doch er vermutete, dass das zu viel für Gray war, deshalb sagte er nur: „Ziemlich gut."

Gray hob die Hand, um mit den Fingern über seinen Kopf zu fahren. Er zögerte, als er seine Kopfhaut spürte.

„Du wirst dich daran gewöhnen", meinte Luke. „Und denk mal

daran, wie viel Geld du sparst, wenn du dein teures Shampoo nicht mehr brauchst.“

Ein Lächeln stahl sich auf Grays Lippen und Luke spürte zum ersten Mal, seit er die Haare zwischen Grays Fingern gesehen hatte, einen Funken Hoffnung.

„Ich bin wirklich müde“, murmelte Gray. „Ich werde mich eine Weile hinlegen.“

„Kannst du versuchen, ein wenig Wasser zu trinken?“, fragte Luke. „Du bist ziemlich dehydriert, Gray. Das ist auch ein Grund, warum es dir so schlecht geht.“

Gray schaute auf das Wasser, dann schüttelte er den Kopf. „Ich kann nicht“, flüstert er. „Das Metall ...“

„Ich kann dich ins Krankenhaus bringen ... dort geben sie dir eine Infusion –“

„Nein“, fuhr Gray auf. „Kein Krankenhaus. Ich kann nicht riskieren, dass man mich erkennt“, murmelte er, bevor er merkte, was er gesagt hatte. „Es geht mir gut“, versicherte er stur und stand auf.

Luke folgte ihm in sein Schlafzimmer und war nicht überrascht, als Gray sich im Spiegel anschaute. Sein Gesicht blieb ausdruckslos, während er sich betrachtete, dann stieß er sich vom Waschbecken ab und stolperte zu seinem Bett. Luke stützte ihn, während er die Decken zurückzog, und sobald Grays Kopf das Kissen berührte, schlief er ein.

Luke setzte sich auf die Bettkante und studierte Grays Gesichtszüge. Er konnte nicht anders, als mit der Hand über Grays ausgemergeltes Gesicht zu streichen. Hilflos legte er die Finger an Grays Hals. Als er den zu schnellen Herzschlag fühlte, griff er nach Grays Telefon.

Die kalte Luft war angenehm auf Lukes Haut, als er das kleine Gebäude betrat. Er war froh, dass das Wartezimmer leer war, doch die elektronische Klingel, die sein Eintreten angekündigt hatte, musste im hinteren Bereich zu hören gewesen sein, denn er hörte, wie jemand rief, dass er gleich da wäre. Eine alte Katze saß auf dem Tresen an der Anmeldung und miaute erwartungsvoll. Luke ging zu ihr und streichelte sie. Das weiche Fell der Katze und ihr Schnurren halfen ihm, seine Nerven zu beruhigen, weil er nicht bewaffnet war. Seine Pistole lag unter dem Fahrersitz von Grays Truck und auch wenn er sich ohne sie nackt fühlte, wusste er, dass dem Polizisten, dem Freund des Tierarztes, die Waffe nicht entgehen würde, da es draußen zu heiß war, um eine Jacke zu tragen oder etwas anderes, das sie verdeckt hätte.

Schritte kamen näher und die Katze huschte zum anderen Ende des Tresens. Der Mann, der erschien, begann sofort, die Katze zu streicheln. „Hi, kann ich Ihnen helfen?", fragte er mit einem strahlenden, einladenden Lächeln. Luke schätzte, dass der Mann Ende dreißig sein musste, mit durchschnittlichem Körperbau und braunem Haar mit einer Spur grau darin.

„Sind Sie Dr. Winters?"

„Das bin ich", sagte der Mann. Er nahm die Katze hoch und drückte sie an seine Brust. „Nennen Sie mich Dane."

„Ich habe keinen Termin", sagte Luke verlegen. „Ich habe Ihren Namen aus Grays Telefon und habe Ihre Adresse gegoogelt."

Der Mann war sofort alarmiert, als Grays Name fiel, dann verengte er die Augen. Wahrscheinlich fragte er sich, warum Luke in Grays Telefon herumschnüffelte. „Geht es Gray gut?"

Luke entging der misstrauische Tonfall nicht, oder dass die Katze sich von ihm löste, wieder auf den Tresen sprang und Lukes Aufmerksamkeit suchte.

„Du bist Luke, nicht wahr?", fragte Dane plötzlich, bevor Luke etwas sagen konnte. Luke nickte und Dane entspannte sich sichtlich, auch wenn Luke keine Ahnung hatte, wieso. „Jax sagte, dass du bei Gray wohnst. Ist alles in Ordnung?"

Luke hatte sich genau überlegt, wie er seine Bitte formulieren sollte, nachdem er das Haus verlassen hatte. Doch weil er schnell wieder zu Gray zurückwollte, sagte er: „Es geht ihm nicht gut und er ist ziemlich dehydriert. Du hast Kochsalzlösung, oder?"

Die Anspannung war sofort wieder in Dane. „Du willst Gray eine Infusion legen?"

Das Erstaunen des Mannes überraschte Luke nicht. Es klang vollkommen lächerlich. „Ich habe recherchiert und anscheinend benutzt man für Tiere die gleiche 0.9%ige Kochsalzlösung wie für Menschen."

„Bist du Arzt?"

Luke schüttelte den Kopf. „Ich bin als Sanitätssoldat ausgebildet."

Dane studierte ihn eingehend, dann sagte er: „Es ist mehr als eine Grippe, nicht wahr?"

„Was?"

„Ich habe Gray letzte Woche gesehen, als er Ripley abgeholt hat. Er sagte, dass er eine Grippe hinter sich hat."

Luke wusste nicht genau, wie viel er sagen durfte. „Es *ist* mehr als eine Grippe", bestätigte er lediglich. „Ich weiß, dass es viel verlangt ist, und glaub mir, ich wäre nicht hier, wenn es nicht nötig wäre. Er ist noch nicht in kritischem Zustand, aber das wird er, wenn er keine Flüssigkeit bekommt."

„Ich könnte meine Lizenz verlieren, wenn ich das tue", sagte Dane leise.

„Ich weiß", gab Luke zu. Das war ihm bereits klar gewesen, bevor er Danes Namen in Grays Telefon gesucht hatte, aber es hatte ihn nicht abgehalten - verdammt, er hatte nicht einmal großartig darüber nachgedacht. „Gray weigert sich, ins Krankenhaus zu gehen. Wenn es nötig ist, übergehe ich seinen Willen und rufe die 911 an ... ich will bloß alles tun, was ich kann, bevor es dazu kommt."

Dane nickte. „Ich verstehe, dass er nicht ins Krankenhaus will", sagte er. „Ich denke, die Presse würde ihn liebend gern aufspüren und seine Seite der Geschichte hören. Komm mit."

„Welche Geschichte?" Luke musste einfach fragen, als er Dane in den hinteren Bereich des Gebäudes folgte.

„Es geht das Gerücht um, dass Gray eine Affäre mit einem Schauspieler hatte, der die Hauptrolle in einem Film spielen soll, der auf einem von Grays Büchern basiert. Angeblich ist der Typ hetero und mit seiner hochschwangeren Freundin verlobt, deshalb dreht die Presse am Rad."

Grays Weigerung, in die Notaufnahme zu gehen, ergab nun viel mehr Sinn. Doch Luke wusste, dass es keine skandalöse Affäre war, die Gray verbergen wollte.

Dane ging mit ihm in einen kleinen Raum voller medizinischer Ausrüstung und nahm eine leere Kiste, die er Luke reichte, damit er die Sachen dort hineinlegen konnte.

„Was hat er für Symptome?", fragte Dane, während er arbeitete.

„Trockene Haut, eingesunkene Augen, etwas verwirrt. Aufgesprungene Lippen, ein schneller Puls."

Dane nickte. „Und du hast so was schon einmal gemacht?"

„Ja. Meine Einheit hatte nicht immer einen Sanitätsoffizier, deshalb sind solche Dinge oft mir zugefallen."

Dane schaute ihn an. „Ich will, dass du mir stündlich Bericht erstattest, bis er aus dem Gröbsten heraus ist, und wenn es bis" - er schaute auf seine Uhr - „drei Uhr keine Veränderung gibt, versprich mir, dass du ihn in die Notaufnahme bringst. Ruf mich an, dann treffe ich mich dort mit euch." Der Tonfall des Mannes ließ keine Diskussionen zu. Nicht, dass Luke das versucht hätte - Dane war offensichtlich um Gray besorgt.

„Woher kennst du ihn?", fragte Luke, auch wenn er ob der Antwort ein wenig nervös war.

„Ich bin schon seit einer Weile ein Fan seiner Bücher, aber wir haben uns vor ein paar Monaten im Buchladen hier in der Stadt kennengelernt."

„Ihr beide wart also nicht -"

„Nein", sagte Dane schnell und schielte zu Luke. „Nur Freunde ... aber vielleicht nicht einmal das", fügte er traurig hinzu.

„Was meinst du?"

Dane zuckte mit den Schultern. „Jax und ich hatten damals ein paar Probleme ... na ja, ich hatte Probleme und Jax hat einfach versucht, mich zu verstehen", sagte er mit einem ironischen Kichern.

„Hat Gray sich zwischen euch gedrängt?"

„Nein ... oh Gott, nein", sagte Dane schnell. „Jax war der Einzige, den ich wollte. Tatsächlich hat Gray mir geholfen, das zu erkennen. Er hat mir gesagt, dass ich für das kämpfen muss, was ich will, und es niemals loslassen darf, denn für alles andere ist das Leben zu kurz."

Luke wurde übel. Oh Gott, hatte Gray damals schon gewusst, wie krank er war? Hatte er die ganze Zeit allein gegen seine Krankheit gekämpft?

„Ein guter Rat, nicht wahr?", sagte Dane sanft und Luke bemerkte, dass der Mann die Kiste nicht mehr belud, sondern ihn nachdenklich anschaute. Die Worte, die er nicht aussprach, hingen laut und deutlich im Raum.

„Gray und ich sind nur Freunde", murmelte Luke.

Danes Blick wanderte von ihm zu der Kiste in seiner Hand. „Das würde ich glauben, wenn ich nicht sehen könnte, welche Angst du um ihn hast", sagte er und deutete auf die Kiste.

Es wäre wohl am einfachsten, Dane zu sagen, dass er nicht an Männern interessiert war, doch die Worte wollten nicht kommen. Er war nicht an Männern interessiert ... er war nur an einem Mann interessiert. Der Beweis dafür stand direkt vor ihm. Dane war ein gut aussehender Mann, freundlich, nett. Und auch wenn Luke Jax neulich nur kurz gesehen hatte, war ihm doch nicht entgangen, wie atemberaubend der Mann war, und dass er ähnlich gebaut war wie Gray. Dennoch fühlte er sich kein bisschen zu einem der Beiden hingezogen. Was auch immer mit ihm los war, es lag einzig und allein an Gray.

Luke blieb eine Antwort erspart, als die Türklingel verkündete, dass jemand das Haus betreten hatte. Eine laute Stimme rief: „Dane, bist du hier?"

„Hier hinten", antwortete Dane.

Luke sah, dass Jax sich versteifte, als er den kleinen Vorratsraum betrat und ihn sah, doch er zögerte nicht, sich zu Dane zu beugen und ihm einen Begrüßungskuss zu geben. „Wo ist Emma?", fragte er und blickte zu Luke, der automatisch ein paar Schritte zurückgetreten war, um dem Paar ein wenig Raum zu geben.

„Im Haus bei Mrs. Greene."

„Wo ist Gray?", lautete Jax' nächste Frage und Luke entging die Anspannung des großen Mannes nicht, als er sah, was in der Kiste war.

„Das erzähle ich dir gleich", sagte Dane leise, dann streichelte er mit der Hand den Arm von Jax, als wollte er ihn beruhigen. Und es funktionierte, denn Jax ließ sofort die Arme sinken und verschränkte seine Finger mit Danes. Dieser Anblick entfachte etwas in Luke, worüber er kurzzeitig die Besorgnis vergaß, dass er sich in unmittelbarer Nähe zu einem Gesetzeshüter in voller Uniform befand und erledigt wäre, wenn dieser ihn nach seinem Ausweis fragte.

„Luke", sagte Dane und Luke riss den Blick von Jax los, um den Tierarzt anzusehen. „Ich könnte mit dir zu Gray kommen und helfen", bot er an.

„Dane, es tut mir leid ...", setzte Luke an, doch er schüttelte den Kopf. Wie sollte er dem Mann sagen, dass Gray entscheiden musste, wann und wie viel er von seinem Zustand offenbarte?

Doch Dane rettete ihn, indem er sagte: „Vergiss nicht, mir zu schreiben und ihn zu bitten, mich anzurufen, wenn er sich besser fühlt. Und wenn du etwas brauchst, irgendetwas ..."

Luke nickte schnell. „Dann werde ich mich melden. Und ich werde dafür sorgen, dass er dich anruft. Vielen Dank", fügte er hinzu und ging zur Tür. Jax' Augen verengten sich erneut, doch er bleib still. Sobald Luke außer Sichtweite war, hastete er zum Ausgang. Er hörte gedämpfte Stimmen hinter sich, doch ein kurzer Blick über die Schulter zeigte ihm, dass Jax ihm nicht folgte. Dennoch konnte er erst wieder befreit atmen, als er im Truck saß, die Waffe aus ihrem Versteck geholt und in seine Hose gesteckt hatte. Leider hielt die Erleichterung nur kurzzeitig an, denn sein einziger Gedanke war, wieder zu Gray zurückzukehren.

Endlich war ihm warm, deshalb musste es ein Traum sein. Gray hätte gelacht, wenn er wach gewesen wäre. Er war ziemlich tief gesunken, wenn er sich über etwas derart Einfaches freute, wie die Tatsache, dass er diese endlose Kälte, die ihm bis ins Mark reichte, nicht mehr spürte. Die ihn aufgefressen hatte, seit die Krankenschwester ihm zum ersten Mal die Nadel in den Arm gesteckt hatte, welche Gift in ihn leitete, das ihn retten würde, indem es ihn langsam umbrachte. Was würde er nicht darum geben, die alten Zeiten wieder zu erleben, in denen er bis zu den Eiern in dem engen Arsch eines heißen Kerls gesteckt hatte. Verdammt noch mal, er würde auch mit dem üblichen - wenn auch verdrehten - Traum Vorlieb nehmen, in dem er beobachtete, wie alles, wofür er gearbeitet hatte, zu fruchten begann und sich wünschte, dass er alles anders machen könnte.

Nein, Wärme war gut. Er wählte die Wärme. Bei diesem Gedanken kuschelte er sich weiter unter die Decken, bis er das Piksen in seinem Arm spürte und sich aufsetzte.

„Nein", flüsterte er, als sein Blick sich auf die Nadel in seiner Vene fokussierte.

„Gray -"

„Noch zu früh", murmelte er und versuchte, das Ding aus seinem Körper zu reißen. Endlich fühlte er sich wieder wie ein Mensch.

„Gray, nicht", vernahm er eine strenge Stimme und seine Hände wurden mit festem Griff festgehalten.

„Luke", sagte er, als der Nebel sich hob. „Zwischen den Behandlungen sollte eine Woche liegen", sagte er verzweifelt.

„Es ist nur Flüssigkeit, Gray", sagte Luke und setzte sich auf das Bett neben ihn.

Gray schaute zu der Infusionsflasche auf, die von einem Haken an der Wand baumelte. Erst da bemerkte er, dass er nicht im Krankenhaus war. Er schaute wieder zu der Nadel in seinem Unterarm. „Was ... wer hat das getan?"

„Das war ich", sagte Luke ruhig. „Du warst gefährlich dehydriert. Entweder das oder das Krankenhaus."

Die Wärme, die sich in Gray ausgebreitet hatte, war nichts im Vergleich zu der Hitze um seine Handgelenke und ein Blick nach unten zeigte ihm, dass Luke seine Hände immer noch festhielt.

„Versuch nicht, sie herauszuziehen, okay?", sagte Luke, und als Gray nickte, ließ Luke ihn los. „Wie fühlst du dich?"

„Gut", antwortete Gray. Und das entsprach der Wahrheit. Abgesehen davon, dass ihm warm war, fühlte er sich nicht, als hätte er zehn Runden gegen einen Schwergewichtsboxer gekämpft, und die endlose Übelkeit war ausnahmsweise auch nicht da. „Wie lange habe ich geschlafen?"

„Fast sechzehn Stunden", antwortete Luke.

„Wie hast du das gemacht?", fragte Gray und deutete auf die Infusion.

Luke wandte den Blick ab, dann schaute er ihn wieder an und hielt seinen Blick, intensiv und erhitzt. „Ich habe Dane um Hilfe gebeten."

Alle Wärme verließ Gray und sein Hals wurde eng. „Nein", flüsterte er.

Lukes Hand legte sich an seine Wange, sodass er keine andere Möglichkeit hatte, als Luke anzusehen. „Gray, ich hatte keine Wahl."

„Ich wollte nicht, dass er es erfährt ... Niemand sollte es erfahren."

„Ich habe Dane nur gesagt, dass du krank bist - Er kennt keine Details. Aber er ist ein schlauer Mann ..."

Die raue Haut, die Grays Wange berührte, fühlte sich gut an, und er wünschte sich, er könnte sich daran schmiegen, wenn auch nur für einen Moment. Oder besser noch, die Arme um Lukes Hals legen und das Gesicht an den starken Körper des Mannes pressen, wo ihm nichts mehr etwas anhaben konnte.

„Gray, ich hatte keine Wahl", flüsterte Luke erneut. Es war der verzweifelte Tonfall, der Gray dazu brachte zu nicken.

„Tut mir leid. Es ist in Ordnung", sagte er schließlich und er erkannte, dass es auch so war. „Ich vertraue Dane - er wird es für sich behalten."

„Er sagte, die Presse wäre wegen irgendeiner Geschichte auf der Suche nach dir."

Scheiße, Gray hatte absolut kein Interesse daran, diese Sache mit Luke zu besprechen, denn dann müsste er über all das sprechen, was er versuchte zu vergessen. Glücklicherweise ließ sein Körper ihn nicht im Stich und er musste nicht lügen, als er sagte: „Luke, ich muss wirklich pinkeln."

Luke lachte und der Klang spülte über Gray hinweg wie ein Streicheln. Luke schaute zu der fast leeren Infusion und sagte: „Okay. Ich hänge sie ab." Seine geschickten Finger entfernten die Nadel rasch und verschlossen die Einstichstelle mit einem Pflaster. Gray stand schnell auf und war dankbar für die Hand, die sich um seinen Ellenbogen schloss, um ihn zu stützen, bis er sich gefangen hatte.

„Mach langsam", murmelte Luke.

„Das geht im Moment leider nicht", brachte Gray hervor, woraufhin Luke erneut lachte. Oh Gott, die Stimme dieses Mannes, seine Berührung und dieses verdammte Lachen machten ihn verrückt.

Luke half ihm ins Badezimmer, doch zum Glück folgte er ihm nicht hinein. Als er fertig war, erwartete Luke ihn bereits. „Willst du versuchen, etwas zu essen?"

Der Gedanke ans Essen brachte sofort den gefürchteten metallischen Geschmack zurück, doch nicht so stark wie am vorigen Tag, also nickte er. Er schaffte es auf seinen eigenen Beinen in die Küche, doch er blieb stehen, als er die Schränke ohne Türen entdeckte. „Wow", sagte er.

„Ach das", murmelte Luke. „Ich musste mir die Zeit vertreiben", war alles, was er sagte. „Setz dich", befahl er sanft und Gray ging zum Tisch. Sobald er sich hingesetzt hatte, wurden verschiedene Dinge vor ihn gestellt. Verschiedene Gläser und Flaschen mit Flüssigkeit, eine Banane, ein Pfirsich, Cracker und etwas in einer Schale, das wie Pudding aussah.

„Ich habe ein wenig recherchiert, während du geschlafen hast und ich denke, wir können ein paar Dinge versuchen, die dir vielleicht nicht ganz so schrecklich schmecken", meinte Luke. „Statt blankes Wasser zu trinken, kannst du etwas Zitrone hinzufügen - die Säure neutralisiert den metallischen Geschmack." Er schob Gray verschiedene Gläser hin.

Vollkommen überrascht konnte Gray nur auf das erste Glas starren.

„Gray ..."

Als Luke seinen Namen flüsterte, verkrampfte Grays Inneres, doch er schaffte es, einen Schluck aus dem ersten Glas zu nehmen. Der schreckliche Geschmack war da, aber nicht so dominant. Er probierte die anderen. Das Letzte schmeckte halbwegs genießbar und er nahm mehrere große Schlucke, woraufhin Luke strahlend lächelte.

„Gut?", fragte er aufgeregt.

Gray war überwältigt, weil der Gesichtsausdruck des Mannes so frei aussah, dass er nur nicken konnte.

„Was das Essen angeht, sagt man weiches, mildes Obst ist gut ..."

Gray hörte nur die Hälfte von dem, was Luke sagte, denn ihm ging auf, was dieser Mann für ihn getan hatte. Er hatte sich nicht nur die Zeit genommen, Nahrungsmittel und Getränke zu recherchieren, er war auch zu Dane gegangen und hatte Hilfe gesucht, während Gray nicht einmal gewusst hatte, dass er sie brauchte. Es war erstaunlich. Luke hatte nicht nur seine Sicherheit riskiert, indem er das Haus verlassen hatte, er war auch zu dem Heim eines Polizisten gegangen, der ihn leicht verhaften und somit entdecken konnte, wer er war.

„Wieso hast du das getan?", hörte Gray sich selbst fragen.

Bei dieser Unterbrechung schaute Luke ihn an, als wäre es eine lächerliche Frage. „Weil du es gebraucht hast."

Darauf konnte Gray nichts erwidern und er konnte sich nur mit

Mühe davon abhalten, sich vorzubeugen und die Lippen auf Lukes zu drücken, deshalb zwang er sich, sich auf die verschiedenen Nahrungsmittel zu konzentrieren, die Luke vorbereitet hatte. Die meisten schmeckten nicht nach Metall, aber sie schmeckten auch nach nichts anderem, denn Gray konnte an nichts anderes denken, als an Lukes erschütterndes Geständnis.

Weil du es gebraucht hast.

Kapitel Sechs

„Ich hatte keine Ahnung, dass das hier ist", murmelte Gray.

„Du hast dir das Gelände nie angesehen?", fragte Luke und überprüfte noch einmal, dass Gray immer noch die Decke um sich geschlungen hatte. Auch wenn die Temperaturen nicht einmal in der Nähe des Gefrierpunktes waren, wusste er, dass Gray nicht zu viel Körperwärme verlieren durfte. Er schaute auf die Uhr, damit er nicht die Zeit vergaß.

„Nein."

„Wie kommt das?"

„Zu beschäftigt, schätze ich."

„Du wusstest, dass du krank bist, als du hergekommen bist?", vermutete Luke.

Gray nickte. „Die Diagnose wurde vor ein paar Monaten gestellt. Eines Morgens habe ich etwas in der Dusche gespürt, aber ich habe den Gang zum Arzt immer wieder aufgeschoben." Gray lachte hässlich. „Ich war so ein Narr ... Ich dachte tatsächlich, nichts könnte mir etwas anhaben. Ich dachte, dass ich so hoch aufgestiegen wäre, dass nichts mich erreichen konnte. Dann bringt der Doktor das K-Wort auf den Tisch und das Erste, was ich tue, ist ihn einen Quacksalber zu nennen. Dann sagte er mir, dass er mir beide Eier abschneiden muss. Ich habe ihm gesagt, dass er sich ins Knie ficken soll, und habe mich auf die Suche nach einem richtigen Arzt gemacht. Nur dass der zweite mir ganz genau das Gleiche gesagt hat. Ich dachte wirklich, dass der dritte mir Glück bringen würde."

Gray wurde still und rutschte auf dem Stamm herum. Ripley war ungewöhnlich still und lag zu Grays Füßen, statt im Bachlauf zu spielen, wie sie es sonst immer tat. „Wir sollten hineingehen", meinte Luke leise.

„Nur noch ein paar Minuten", flüsterte Gray und sein Blick richtete sich auf etwas in der Dunkelheit.

„Wurde die Operation durchgeführt?"

Ein Nicken und Grays Blick wanderte zum Boden. „Kastriert wie ein Hund", krächzte er.

„Gray -"

„Ich war paranoid, dass es bekannt würde, deshalb bin ich für die Bestrahlung hierhergekommen. Ich hatte dieses Grundstück vor ein paar Jahren ungesehen gekauft, weil ich herkommen wollte, um zu schreiben. Mein Anwalt hat den Kauf über einen Treuhänder organisiert - dadurch wäre es für andere Leute nicht so einfach herauszufinden, dass ich der Eigentümer bin. Und ich habe geglaubt, dass Dare klein genug ist und die Chancen, dass ich erkannt werde, verschwindend gering wären."

„Warum diese Heimlichtuerei?"

„Meine Karriere kam vor ein paar Jahren in Schwung, als mein Buch in den Bestsellerlisten gelandet ist. Ich war noch kein großer Name, aber dann hat Hollywood an meine Tür geklopft. Danach hat sich alles verselbstständigt. Ich habe einen Vertrag unterschrieben, dass die ersten drei Büchern einer Serie von mir verfilmt werden - der Vertrag brachte mir Millionen ein und plötzlich war ich nicht mehr ein Niemand, der fünfzehn Stunden am Tag vor seinem Computer saß, sondern jemand, der mit Promis über den roten Teppich gelaufen ist. Talk-Shows, Artikel in Magazinen ... es war surreal. Ein wahr gewordener Traum."

Gray zog die Decke fester um sich, doch bevor Luke darauf bestehen konnte, dass sie hineingingen, fuhr er fort: „Ich habe es ausgenutzt - alles. Ich hatte Stylisten, die mir gesagt haben, wie ich mich anziehen soll, Publizisten, die mir gesagt haben, was ich sagen soll und wie, um mich besser zu verkaufen. Einen Personal Trainer, einen Koch, alles, was dir einfällt. Und jeder Hinz und Kunz wollte mit mir befreundet sein. Aber das Beste waren die Männer ... Es war, als hätte Gott ein Buffett für mich aufgebaut.

Ich habe es geliebt, weißt du? Die Aufmerksamkeit. Männer, die mich vorher nicht mit dem Arsch angeschaut haben, wollten mich plötzlich. Aber ich wusste, dass nicht ich es war, den sie wollten, nicht wirklich. Doch das hat mich nicht davon abgehalten, zu nehmen was sie mir angeboten haben."

Als er von Grays aktivem Sexualleben hörte, brannte Eifersucht in jeder Zelle von Lukes Körper, doch er schaffte es, seine Aufregung für sich zu behalten, und war stolz auf sich, dass seine Stimme ruhig klang, als er sagte: „Das macht dich nicht zu einem schlechten Menschen, Gray."

„Was denn dann?", fragt Gray. „Es war mir egal, ob die Männer, mit denen ich zusammen war, verheiratet waren oder ungeoutet oder ob sie glaubten, dass wir eine Beziehung haben würden. Ich habe sie benutzt."

„Du denkst also, dass das Universum dich jetzt bestraft?"

Gray rieb sich die Augen. „Das dachte ich zuerst. Ich hatte keine andere Erklärung dafür, dass mir das passierte, aber ich brauchte eine", sagte er energisch. „Doch als der Doktor mir gesagt hat, dass der Krebs gestreut hat ..." Gray schüttelte langsam den Kopf.

„Da hat der Doktor dir gesagt, dass du Chemo brauchst?"

Gray nickte. „Die Bestrahlung war nicht allzu schlimm, deshalb habe ich geglaubt, dass die Chemo es auch nicht werden würde."

„Hat man dir nicht gesagt, was dich erwartet?"

„Doch. Ich habe nur geglaubt, dass ich die Ausnahme wäre. Mein ganzes Leben haben die Leute mir gesagt, dass niemals etwas aus mir werden würde ... dass ich meine Grenzen akzeptieren und mich damit zufriedengeben sollte. Ich habe geglaubt, der Krebs wäre nur eine weitere Sache, der ich den Mittelfinger zeigen musste. Die Übelkeit, die Haare" - Gray fuhr sich mit der Hand über den Kopf - „nichts davon würde mir passieren."

„Warum hast du es niemandem erzählt?"

„Wem denn?", fragte Gray mit einem weiteren bitteren Lachen. „Meinen Eltern, die mich fast so sehr hassen wie einander? Meinem Halbbruder, zu dem ich keinen Kontakt habe? Meinen sogenannten Management-Team?"

„Freunden?", schlug Luke vor. „Dane, Jax."

„Jax hasst mich und Dane ... Dane hatte genug eigene Probleme. Endlich geht es ihm gut."

„Dane hat sich wirklich große Sorgen um dich gemacht, Gray. Und als er mir gegeben hat, was ich brauchte ... damit hat er viel riskiert. Dieser Cop - Jax - er hätte mich jederzeit aufhalten, meinen Ausweis verlangen oder mir Fragen stellen können, aber das hat er nicht."

Gray erwiderte nichts, aber Luke konnte sehen, dass er über seine Worte nachdachte. „Wieso willst du nicht, dass jemand erfährt, was du durchmachst?"

„Zu Beginn wollte ich das Stigma vermeiden, verstehst du? Ich meine, Hodenkrebs - die Behandlung ist ziemlich eindeutig. Sicher, viele Leute hätten mich unterstützt, aber sie hätten mich in einem anderen Licht gesehen - als wäre ich nur ein halber Mann. Und ich wollte Fragen aus dem Weg gehen. Doch als ich herausgefunden habe, dass er auch in meiner Leber war, hatte ich einfach nur Angst, dass die Öffentlichkeit von mir erwarten würde, eine Art Vorbild zu sein."

„Warum macht dir das Angst?", wollte Luke wissen.

„Die Leute wollen, dass ihre Vorbilder stark sind, alles akzeptieren und immer die richtigen Worte finden. Ich habe Todesangst und würde am liebsten lauthals herausschreien, dass ich nicht sterben will."

Als Grays Stimme brach, legte Luke den Arm um seine Schultern und zog ihn an seine Brust. Dieses Mal erklang kein harsches Schluchzen, doch Luke spürte, dass sein T-Shirt dort, wo Grays Kopf an seinem Herzen lag, feucht wurde, und Grays Finger gruben sich in seine Seiten.

Luke wünschte sich, er könnte die richtigen Worte finden, doch alles, was ihm in den Sinn kam, erschien ihm banal, und so sehr er Gray sagen wollte, dass alle gut werden würde, war dies doch ein Versprechen, dass er nicht geben konnte. Also legte er stattdessen seine freie Hand in Grays Nacken und hielt ihn fest, damit der andere Mann wusste, dass er nicht mehr allein war.

Gray schluckte schwer, dann klopfte er an der Tür. Er war nicht überrascht, dass sie sich innerhalb von Sekunden öffnete, denn er hatte Dane gefragt, ob es in Ordnung war, dass er vorbeikam. Doch es war nicht Dane, der die Tür öffnete.

Jax hielt Emma im Arm, doch was auch immer er hatte sagen wollen, erstarb ihm auf den Lippen und er starrte Gray schockiert an. Es war unangenehm, dort stehen zu müssen während Jax versuchte zu verarbeiten, was er da sah. Und Gray wusste, dass er einiges zu verdauen hatte - es gab Momente, da erkannte er sich selbst nicht im Spiegel. Während die Baumwollmütze, die er in einem speziellen Laden im Krankenhaus gekauft hatte, den Großteil seines Kopfes bedeckte, war es unmöglich zu verbergen, dass er keine Augenbrauen mehr hatte. Dazu noch seine blasse Haut und der Gewichtsverlust. Er wusste, dass er kaum wiederzuerkennen war.

„Gray“, flüsterte Jax, dann trat er zur Seite, damit Gray hereinkommen konnte.

„Hey“, sagte Gray und trat ein. „Danke, dass ich so früh herkommen durfte.“

„Ja ... das ist kein Problem“, sagte Jax. Gray hätte es genossen, wie nervös der Mann war, wenn er nicht das gefürchtete Mitleid in seinen Augen gesehen hätte. Zum Glück streckte Emma ihm in diesem Moment die Arme entgegen.

„Darf ich?", fragte er.

„Selbstverständlich", sagte Jax schnell und reichte ihm das Baby. Emma zappelte in seinen Armen und patschte mit ihren pummeligen Händen in seinem Gesicht herum. Gray konnte nicht anders, als zu lächeln. Sie tastete nach oben und begann, mit seiner Mütze zu spielen, deshalb entschied er, dass er es auch genauso gut hinter sich bringen konnte, und so zog er die Mütze ab und reichte sie ihr.

Gray schaute schnell nach rechts, als er hörte, wie etwas zerbrach. In der Küchentür stand Dane mit einem wackeligen Tablett in seiner Hand. Zwei Tassen standen noch darauf, ebenso Milchkännchen und Zuckerdose, wie Gray annahm. Eine dritte Tasse lag zerbrochen am Boden. Gray wollte gerade etwas sagen, als Jax zu Dane eilte und das Tablett rettete, bevor auch der Rest auf dem Boden landete.

„Gray", flüsterte Dane und legte die Hand auf den Mund. Dann stürzte er vor und riss Gray in seine Arme.

„Es geht mir gut, Dane", flüsterte Gray an Danes Ohr, als er ein ersticktes Schluchzen vernahm. Luke hatte recht gehabt - wie hatte Gray nicht sehen können, dass er diesen Männern etwas bedeutete?

Dane nickte, dann sagte er: „Warum bringst du Emma nicht ins Wohnzimmer? Ich helfe Jax beim Saubermachen." Gray vermutete, dass er Mann hauptsächlich einen Moment benötigte, um sich wieder zu fassen, denn Dane drehte sich schnell weg und rieb sich über das Gesicht.

Gray trug Emma ins Wohnzimmer, setzte sich auf einen der Sessel und balancierte das kleine Mädchen auf seinem Schoß. Er benutzte seine Mütze, um Kuckuck mit ihr zu spielen. Er konnte ein Lächeln nicht unterdrücken, als sie jedes Mal kicherte. Es dauerte mehrere Minuten, bevor ihre Väter sich zu ihnen gesellten. Jax trug das Tablett und Dane folgte ihm mit einer Kanne Kaffee. Keiner der Beiden machte Anstalten, ihm das Baby abzunehmen, als sie sich auf die Couch setzten. Als Jax seufzte und seine Finger mit denen von

Dane verschränkte, spürte Gray eine solche Sehnsucht, dass er den Blick abwenden musste. Wie oft hatte er im Laufe der letzten Woche neben Luke gesessen und sich gewünscht, er könnte ihn auf diese Weise berühren? Ob sie fernsahen oder auf ihrem Stamm am Bach saßen, jedes Mal hatte Gray gemerkt, dass er sich nur ein wenig von der ruhigen Stärke wünschte, die Luke ausstrahlte.

„Also ja, ich habe Krebs", sagte er schließlich, da keiner der Männer in der Lage zu sein schien, etwas zu sagen. „Oh Gott, das war das erste Mal, dass ich es laut ausgesprochen habe", sagte er leise, während Emma auf seinem Knie saß.

„Die Diagnose wurde vor ein paar Monaten gestellt. Hodenkrebs", fügte er hinzu. „Er hat gestreut, doch die Ärzte denken, dass die Chemotherapie helfen wird."

„Was können wir tun, Gray?", fragte Jax. Die Frage überraschte ihn, denn er hatte erwartet, eine Strafpredigt gehalten zu bekommen.

„Im Moment geht es mir gut, aber ich lasse es euch wissen." Sein Blick wanderte zu Dane. „Vielen Dank für das, was du getan hast. Luke hat mir erzählt, was du riskiert hast ... Mir war nicht bewusst, wie schlecht es mir ging."

„Ich bin froh, dass er hier war", sagte Dane. „Dehydrierung kann sehr schnell sehr gefährlich werden."

Gray nickte. Er bezweifelte nicht, dass Luke sein Leben gerettet hatte, denn er war zu fertig gewesen, um die Gefahr zu erkennen, in der er sich befunden hatte.

„Brauchst du noch mehr Kochsalzlösung?", fragte Dane.

„Nein, ich glaube nicht. Ich hatte vor ein paar Tagen eine Behandlung und die Infusion hat mir geholfen, recht schnell wieder auf die Beine zu kommen. Luke hat auch ein paar Lebensmittel und Getränke gefunden, die ich vertrage. Ich habe nächste Woche noch eine Behandlung und ich glaube, er sagte, dass du ihm genug gegeben hast, um mir auch danach zu helfen."

„Brauchst du jemanden, der dich hinfährt?", fragte Jax.

Gray schüttelte den Kopf. „Luke bringt mich hin." Luke und er hatten deswegen gestritten, denn Luke hatte darauf bestanden, ihn ins Krankenhaus zu der eigentlichen Behandlung zu begleiten. Selbst mit einem Privatzimmer und nur wenig Personal, das Zugang hatte, befürchtete Gray, dass jemand Luke erkennen könnte. Nicht, dass er Grund dazu hätte. Gray hatte die Nachrichten verfolgt, aber ein Mann, auf den Lukes Beschreibung passte, wurde nicht erwähnt. Er hatte mehr als einmal darüber nachgedacht, im Internet nach Lukes Namen und Fort Benning, wo er stationiert gewesen war, zu suchen, doch das war eine Grenze, die er nicht hatte überschreiten wollen. Er vertraute Luke und wollte, dass dieser ihm ebenfalls vertraute.

Gray wandte den Blick zu Jax und sagte: „Ich muss mich bei dir entschuldigen."

Jax war überrascht von dieser Aussage.

„Ich hatte nie vor, mich zwischen dich und Dane zu drängen", sagte er leise.

„Gray -", setzte Dane an, doch Jax drückte Danes Hand und Dane verstummte.

„Zwischen uns ist alles gut, Gray. Eifersucht steht mir nicht."

Gray wusste, dass Jax ihn zu leicht von Haken ließ, denn er hatte den Mann mehr als einmal provoziert, deshalb nickte er.

„Luke ist also immer noch bei dir?", fragte Jax vorsichtig, die unausgesprochene Frage klar und deutlich.

„Nur bis er wieder auf die Beine kommt. Er braucht einen Neuanfang", lenkte Gray ab. Das war so dicht an der Wahrheit, wie er es wagte. „Wir sind nicht ... wir sind nicht das, was ich dich vor ein paar Wochen glauben machen wollte. Wir sind nur Freunde."

Er sah, wie Dane und Jax einander kurz anschauten. „Gray, was ich vor ein paar Tagen gesehen habe, als er hier war, hatte nicht nur mit Freundschaft zu tun", sagte Dane.

Grays Herzschlag beschleunigte sich, doch er unterdrückte die abwegige Hoffnung schnell. „Er ist hetero, Dane. Er ist bloß ein guter Kerl, das ist alles."

Dane sah aus, als wollte er noch mehr sagen, doch Gray war nicht in der emotionalen Verfassung, mit ihm wegen etwas zu streiten, das sowieso nicht passieren würde. Selbst wenn Luke wundersamer Weise an mehr als nur Freundschaft interessiert war, was zum Teufel hatte Gray ihm schon zu bieten? Er war nur der Schatten eines Mannes mit einer unsicheren Zukunft. Und dann war da noch Lukes Situation.

„Ich sollte mich auf den Weg machen", sagte Gray. Er stand auf und reichte Emma an Jax. Es dauerte zehn Minuten, bis Gray losfahren konnte, denn die beiden boten an, ihn nach Hause zu bringen, und er musste versprechen, dass er sie auf dem Laufenden hielt und sich meldete, wenn er etwas brauchte. Auch wenn der Besuch besser verlaufen war als erwartet, wünschte er sich trotzdem, Luke wäre an seiner Seite. Die wachsende Zuneigung, die er für diesen Mann empfand, wurde langsam problematisch. Doch es war sein Herz, das allmählich auf dem Spiel stand, denn was er fühlte, ging über Freundschaft und Dankbarkeit hinaus.

In den drei Wochen, seit sie sich kennengelernt hatten, hatte Gray über den stillen Mann, der eine feste Konstante in seinem Leben geworden war, nicht so viel erfahren, wie er gewollt hatte. Aber was er wusste, ging ihm sehr nah. Zum Beispiel, wie schlau Luke war, auch wenn er selbst dies nicht so sah. Oder wie sehr er sich auf etwas einlassen konnte, seien es die Science-Fiction-Filme, die er so sehr mochte, die verschiedenen Projekte, die er mit dem Haus vorhatte, oder der Aufmerksamkeit, die er Ripley schenkte. Er achtete sehr auf Details, aber hatte kein Problem damit, über sich selbst zu lachen, wenn etwas nicht so funktionierte, wie er es sich gedacht hatte. Er hatte seine Pistole nicht mehr ständig bei sich und suchte auch nicht mehr andauernd die Umgebung ab, wie er es am Anfang getan hatte. Ein paar Mal war er sogar auf der Couch eingeschlafen, wenn sie gemeinsam ferngesehen hatten, und Gray hatte die Gelegenheit genutzt, ihn zu betrachten und sich darüber zu freuen, wie friedlich er aussah.

Doch Gray war nicht so dumm zu glauben, dass das, was zwischen ihnen vorging, von Dauer war, ganz egal, was passieren würde, wenn sein Arzt in ein paar Wochen seine Tests machen würde, um herauszufinden, ob die Chemotherapie angeschlagen hatte. Irgendwann würde Gray sich wieder seinen Verpflichtungen zuwenden müssen und Luke … na ja, er hatte keine Ahnung, was Luke tun würde. Es tat ihm in der Seele weh, wenn er daran dachte, in welch großen Schwierigkeiten Luke steckte. Er hatte nur zugegeben, dass jemand versuchte, ihm einen Mord anzuhängen, doch es war offensichtlich, dass Luke niemanden hatte, an den er sich wenden konnte. Gray hatte das Thema vor ein paar Tagen angesprochen und erneut angeboten, ihm den besten Anwalt zu besorgen, der für Geld zu bekommen war, doch Luke hatte sein Angebot abgeschmettert, indem er behauptete, er müsse etwas im Schuppen erledigen. Es war frustrierend, dass er dem Mann, der ihm so viel gegeben hatte, nicht etwas zurückgeben konnte.

Das Objekt seiner Grübeleien kam gerade um das Haus herum, als Gray in die Einfahrt fuhr. Luke hatte angeboten, mit ihm zu Dane und Jax zu kommen, doch Gray war zu besorgt gewesen, dass Jax und Luke aneinandergerieten und Luke in Gefahr geraten würde, deshalb hatte er gesagt, dass es etwas war, das er allein tun musste. Das war natürlich vollkommener Blödsinn, doch gleichzeitig war es auch das Richtige, denn er wusste, dass er sich mittlerweile zu sehr auf Lukes Stärke verließ.

„Wie ist es gelaufen?", fragte Luke, als Gray aus dem Auto stieg.

„Wie es zu erwarten gewesen war, schätze ich", sagte Gray und versuchte, das Verlangen, die Hand auszustrecken und Luke zu berühren, zu ignorieren. Es wäre so einfach, denn Luke stand nur wenige Zentimeter von ihm entfernt.

„Ich wünschte, du hättest mich mitkommen lassen", sagte Luke sanft und zu Grays Überraschung trat er näher und legte den Arm an die Seite des Trucks, womit er Gray praktisch einsperrte. Auch wenn sie etwa gleich groß waren, fühlte Gray sich klein, als Lukes Körper ihn kurz berührte.

Sein Mund war plötzlich trocken, doch Gray schaffte es, das Thema zu wechseln. „Wie geht es mit der Küche voran?" Luke antwortete nicht sofort und ein Schauer durchlief Gray, als Lukes

Blick zu seinem Mund wanderte. Großer Gott, wollte der Mann tatsächlich ...

Ripley aufgeregtes Bellen riss Gray aus seinen Gedanken und er spürte, wie Luke sich anspannte und dann schnell zurücktrat. Lukes Hand fasste hinter seinen Rücken und Gray wusste, dass er instinktiv nach seiner Waffe griff - leider hatte Gray keine Ahnung, ob Luke sie im Moment bei sich trug oder nicht.

Ein schwarzer Mercedes fuhr in die Einfahrt hinter Grays Truck und Gray holte erschrocken Luft, als er den Fahrer erkannte. Lukes Hand war immer noch hinter seinem Rücken, deshalb packte Gray schnell seinen Arm. „Ist schon okay", sagte er. „Es ist mein Bruder."

Luke schaute ihn überrascht an. „Ich dachte, ihr habt keinen Kontakt."

„Haben wir auch nicht", erwiderte Gray und plötzlich hatte er ein ungutes Gefühl.

„Du willst nicht, dass deine Familie es weiß", stellte Luke fest.

Gray schüttelte den Kopf.

„Geh ins Haus", meinte Luke. „Ich sage ihm, dass er wieder gehen soll."

Luke bewegte sich bereits vorwärts, doch Gray packte ihn am Handgelenk. „Nein", murmelte er. „Ich möchte ihn sehen." Er war selbst überrascht, dass diese Aussage der Wahrheit entsprach.

Gray schloss die Tür seines Trucks und beobachtete, wie sein Bruder aus dem Auto stieg. Es musste ein Mietwagen sein, denn er hatte Nummernschilder aus Montana. Sein Bruder hatte sich nicht verändert, seit Gray ihn vor drei Jahren zuletzt gesehen hatte. Sein dunkles Haar war an den Seiten kurz und oben etwas länger. Eine dunkle Sonnenbrille verdeckte seine blauen Augen und er hatte einen Drei-Tage-Bart. Er war zwar fast sieben Jahre jünger als Gray, doch er war ein paar Zentimeter größer und sehr muskulös, was sein maßgeschneiderter Anzug auch betonte.

Als er näherkam, erkannte Gray den genauen Moment, als sein Bruder Grays Aussehen bemerkte. Auch wenn seine Sonnenbrille seine Reaktion versteckte, zögerte er kaum merklich und sein Mund öffnete sich leicht.

„Roman", sagte Gray leise und streckte die Hand aus.

Roman erholte sich schnell. Er schüttelte Grays Hand und nahm die Sonnenbrille ab. Seine Überraschung war einem neutralen Gesichtsausdruck gewichen. Darin war Roman ein Experte.

„Gray", grüßte er, dann wanderte sein Blick zu Luke.

„Luke, das ist mein Bruder, Roman Blackwell. Roman, das ist Luke."

„Halbbruder", korrigierte Roman und schüttelte Lukes Hand. Gray seufzte bei Romans Berichtigung - egal, wie oft er Roman als seinen Bruder bezeichnete, Roman stellte jedes Mal klar, dass sie keine richtigen Brüder waren.

„Warum geht ihr nicht rein und unterhaltet euch?", schlug Luke vor, als eine Brise aufkam. „Ich habe noch etwas im Schuppen zu erledigen", fügte er hinzu. Er bewegte sich nicht, bis Gray nickte.

Gray sagte nichts, als er Roman ins Haus führte, denn er hatte keine Ahnung, was er zu dem Mann sagen sollte, der ihn verachtete. Nicht dass Roman keinen guten Grund dazu hätte, musste Gray rückblickend zugeben.

„Kaffee?", fragte Gray, als sie in der Küche ankamen. Sie sah überraschend sauber aus, auch wenn die Schranktüren immer noch fehlten, doch anscheinend machte Luke Fortschritte.

„Ja, gern", sagte Roman steif.

Es dauerte nur einen Moment, den Kaffee aufzusetzen, und während er durchlief, holte Gray eine Tasse und stellte sie Roman hin. „Schwarz, richtig?"

Roman schien überrascht zu sein, doch er nickte bloß.

Gray nahm sich etwas von dem Wasser mit Zitronen- und Limettensaft, die Mischung, die er am besten zu vertragen schien, dann brachte er die Kaffeekanne zum Tisch und stellte sie Roman hin.

„Du willst keinen?", fragte Roman und goss sich eine Tasse ein, während Gray gegenüber von ihm Platz nahm.

Gray schüttelte den Kopf.

„Ich hätte nie gedacht, dass ich den Tag erleben, an dem du eine Tasse Kaffee ablehnst", murmelte Roman und stellte die Kanne ab.

„Na ja, er bekommt mir nicht mehr besonders gut", meinte Gray und setzte seine Mütze ab.

Etwas in Romans kaltem Blick blitzte auf, als er Grays kahlen Kopf sah. Kurzzeitig lag eine schwer zu beschreibende Emotion in Romans Augen, doch sie hielt nicht lange an.

„Du bist krank", war alles, was Roman sagte.

Gray war zu erschöpft, um alles in weniger als einer Stunde noch einmal zu erzählen, deshalb sagte er: „Was machst du hier, Roman?"

„Victoria hat sich Sorgen um dich gemacht."

Gray hatte gerade einen Schluck Wasser getrunken, an dem er sich fast verschluckte, als er den Namen seiner Mutter hörte. Es war nicht ungewöhnlich, dass Roman ihre Mutter beim Vornamen nannte, denn das hatte sie von ihm verlangt, als er den Fehler begangen hatte, sie zu fragen, ob er sie „Mom" nennen durfte, nachdem ihr gemeinsamer Vater ihn am Tag nach der Beerdigung von Romans Mutter mit nach Hause gebracht hatte. Gray hatte nicht viel über Roman gewusst, als sein Vater verkündet hatte, dass Gray einen kleinen Bruder hatte. Im Laufe der Jahre hatte er hier und da ein paar Informationen aufgeschnappt, doch es waren nur wenige gewesen. Er wusste lediglich, dass Roman das Produkt einer Affäre mit einer der zahlreichen Geliebten seines Vaters war, und dass die Mutter des Jungen sich umgebracht hatte, als Roman erst zehn Jahre alt gewesen war. Aus irgendeinem Grund hatte Grays Vater beschlossen, den Jungen aufzunehmen, da er sonst keine Familie hatte. Entweder hatte Grays Mutter keine Möglichkeit gehabt, Einspruch zu erheben, oder sein Vater hatte es irgendwie geschafft, ihre Einwilligung zu bekommen. Aber wie auch immer es dazu gekommen war, Roman war in ihrer Familie nicht will-kommen gewesen und mit siebzehn war Gray nicht an einem kleinen Bruder interessiert, der ihm anfangs auf Schritt und Tritt gefolgt war. Als er erwachsen genug war, um zu erkennen, wie grausam er Roman behandelt hatte, hatte sein Bruder sich bereits von jeglichem Verhältnis, das sie hätten haben können, verabschiedet.

„Mom hat dich gebeten, nach mir zu sehen?", brachte Gray hervor. Die Vorstellung fand er unglaublich, denn er hatte nicht einen einzigen Anruf von seiner Mutter bekommen, seit er L.A. verlassen hatte, aber andererseits, welchen Grund sollte sein Bruder sonst haben, ihn aufzusuchen?

Roman zuckte bloß mit den Schultern und nahm einen Schluck Kaffee. Plötzlich erkannte Gray, wie sehr seine Eltern bei Roman versagt hatten. Nicht nur einmal, sondern immer und immer wieder. Der Junge, der in ihr Leben geworfen worden war, hatte keine andere Wahl gehabt und wurde stattdessen von den Erwachsenen, die ihm hätten helfen sollen, den Verlust seiner Mutter zu verarbeiten, lächerlich gemacht und verunglimpft.

„Wie hast du mich gefunden?", wollte Gray wissen.

„Marina hat es erwähnt."

Marina, seine Maklerin, die sich damit gebrüstet hatte, ihre vielen prominenten Kunden vertraulich zu behandeln. Da Roman Bauträger war, überraschte es Gray nicht, dass er und Marina sich kannten.

„Mir war nicht bewusst, dass sie weiß, dass du und ich ..."

Er hatte sagen wollen, dass sie Brüder sind, doch er wusste, dass Roman ihn korrigieren würde, was ihn nur noch mehr verärgern würde, deshalb sagte er stattdessen: „Verwandt sind."

Ein weiteres, ärgerliches Schulterzucken, doch Roman ließ den Blick kurz zu seinen rastlosen Händen sinken, woraufhin Gray sagte: „Sie wusste es nicht, oder? Meine Güte, Roman, hast du sie gefickt, um herauszufinden, wo ich bin?"

Romans kalter Blick hob sich. „Marina hat es mit Freuden ausgeplaudert, nachdem der Scheiß mit Cavelli bekannt geworden ist. Sie zu ficken, war ein positiver Nebeneffekt."

Einfach großartig.

„Wie lange bist du schon krank?", warf Roman ein.

„Seit ein paar Monaten."

Roman reagierte kein Bisschen. Er fragte nur: „Victoria und Walt wissen es nicht?"

Zu hören, wie er ihren Vater Walt nannte, war genauso seltsam, wie wenn Roman seine Mutter Victoria nannte. Und auch wenn Roman und ihr Vater blutsverwandt waren, hatte Grays Mutter angeordnet, dass Roman seinen eigenen Vater in ihrer Gegenwart niemals „Dad" nennen durfte, deshalb hatte er sie beide bei ihren Vornamen genannt.

„Nein", antwortete Gray. Er machte sich nicht die Mühe, Roman zu bitten, ihnen nichts zu sagen. Roman würde tun und lassen, was er wollte - er schuldete Gray nichts.

„Wer ist der Typ?", fragte Roman.

Das war die ultimative Frage. Wer war Luke?

„Das reicht als Antwort", meinte Roman leise und Gray entdeckte ein kaum merkliches Lächeln um dessen Mundwinkel, als er aufschaute. Es war so ungewohnt, seinen Bruder lächeln zu sehen, dass es einen Moment dauerte, bis Gray erfasste, was Roman angedeutet hatte.

„Wir sind bloß Freunde", sagte er verärgert. Er fühlte sich wie ein Papagei, denn er hatte das gleiche Gespräch vor nicht einmal einer Stunde mit Dane und Jax geführt. Davon, dass er sich wieder und wieder daran erinnern musste, dass Luke nur ein Freund war, einmal abgesehen. Ein vollkommen heterosexueller Freund.

Roman hatte genug Anstand, um nicht mit ihm zu streiten. Es entstand eine unangenehme Stille, bis Roman flüsterte: „Ist es heilbar?"

Heilige Scheiße! Machte sein Bruder sich tatsächlich Sorgen um ihn? Der Gedanke war so unglaublich, dass es einen Moment dauerte, bis Gray eine Antwort fand. Er sah, dass sein Bruder sich versteifte und den Mund öffnete, doch bevor Roman die Frage abwiegeln konnte, sagte Gray: „Mein Arzt ist guter Dinge. Ich habe noch eine Runde Chemotherapie vor mir, dann wird er ein CT machen, um zu sehen, ob die Tumore weg sind oder sich weiter ausgebreitet haben."

Roman schluckte schwer, und das machte Gray Hoffnung. Was, wenn es doch nicht zu spät war, das Verhältnis zu seinem Bruder zu kitten? Was, wenn er wiedergutmachen konnte, dass er ein so schlechter großer Bruder gewesen war?

„Bist du auf dem Weg zu einem exotischen Ort, um Cabanas und Golfplätze zu bauen?", fragte Gray.

Ein weiteres, kaum merkliches Lächeln.

„Bermuda", sagte Roman.

Gray war noch nie in einem der vielen Resorts, die sein Bruder überall auf der Welt gebaut hatte, gewesen, doch er hatte von ihnen gehört.

„Vielleicht kann ich es mir irgendwann leisten, dort Urlaub zu machen", scherzte er, auch wenn es nicht sehr weit hergeholt war, denn Romans Klientele gehörte zu den reichsten Männern und Frauen der Welt.

„Vielleicht", sagte Roman mit einem leichten Nicken, und als er zu Gray aufsah, konnte dieser sich geradeso davon abhalten, seinen Bruder zu umarmen.

„Denkst du, du kommst auf dem Rückweg wieder hier vorbei?", fragte er, als Roman aufstand.

Roman schien von der indirekten Einladung überrascht zu sein und Gray bereitete sich auf eine Abfuhr vor. Doch stattdessen sagte Roman: „Es könnte ein paar Wochen dauern."

„Ich werde hier sein."

Sein Bruder studierte ihn lange und gründlich, dann nickte er knapp und drehte sich zur Tür.

„Roman -"

Roman spannte sich an, doch er drehte sich noch einmal herum, bevor er die Tür erreichte.

„Sag Mo- Victoria, dass es mir gut geht. Und danke."

Romans Gesicht zeigte keine Reaktion, bevor er sich zur Tür wandte und das Haus verließ, doch das war in Ordnung für Gray. Was Roman ihm gerade gegeben hatte, war mehr, als Gray jemals zu hoffen gewagt hatte.

Gray schaute zu, wie das Auto seines Bruders aus der Einfahrt fuhr. Einen Moment später öffnete sich die Tür und Luke kam herein. Gray fühlte sich augenblicklich zu dem Moment zurückversetzt, als Lukes großer Körper ihn gegen den Truck gepresst hatte.

„Wie ist es gelaufen?", fragte Luke, während er eine Schranktür in die Küche brachte und auf der Anrichte ablegte.

„Ziemlich gut", brachte Gray hervor, auch wenn seine Kehle bei Lukes Anblick trocken geworden war. Verdammt, seine Gefühle gerieten außer Kontrolle. Er wollte diese Freundschaft auf keinen Fall ruinieren. „Meine Mom hat ihn gebeten, nach mir zu sehen."

Lukes Augenbrauen hoben sich. „Willst du sie anrufen? Sie beruhigen?"

Gray dachte einen Moment nach, dann langte er in seine Tasche und holte sein Handy hervor. „Ja. Ja, das werde ich."

„Möchtest du, dass ich gehe?", fragte Luke.

Gray schüttelte den Kopf, während er die Nummer seiner Mutter heraussuchte. Er setzte sich wieder auf den Stuhl, als es klingelte, und beobachtete, wie Luke die Schranktür hochhielt und mit dem Korpus verglich. Es war Lukes Idee gewesen, die Schränke neu zu streichen, um ihnen einen moderneren Anstrich zu verpassen, statt einfach neue zu kaufen. Wie üblich war Lukes Ahnung richtig gewesen, denn die Schränke sahen immer noch rustikal aus, doch durch die neue Beize wirkten sie frisch und sauber.

„Sieht gut aus", murmelte Gray und sein Herz schlug einen Salto, als Luke ihm über die Schulter hinweg ein Lächeln zuwarf. Doch die größte Ablenkung kam, als Luke sich vorbeugte, um etwas an der Wand zu überprüfen, und ein Streifen Haut sichtbar wurde, als sein Shirt über seinen knackigen Arsch nach oben rutschte. Die Pistole steckte in seiner Jeans, doch das bemerkte Gray kaum, denn er war zu sehr damit beschäftigt, die Muskeln des Mannes zu begaffen. Er bemerkte auch die genervte Stimme seiner Mutter erst, als sie zum dritten Mal „Hallo" gesagt hatte.

„Hey, Mom, ich bin's", sagte er.

„Gray", antwortete seine Mutter mit dem allzu bekannten,

genervten Tonfall. „Schätzchen, jetzt ist kein guter Zeitpunkt. Ich will mich gleich mit den van Horns treffen, um über einen Umbau ihres Hauses in den Hamptons zu sprechen." Bei der Ungeduld in ihrer Stimme starb etwas in Gray.

„Ich ... ich wollte mich nur einmal melden", murmelte er.

„Ich hoffe doch, dass du dich um den Unsinn mit diesem ... diesem Schauspieler gekümmert hast", sagte sie säuerlich. „Mich haben bereits drei Klienten nach dir und deinen ... Neigungen gefragt."

Gray schloss die Augen. „Tut mir leid, dass ich dich belästigt habe, Mom. Viel Glück mit den van Horns", sagte er leise, dann legte er auf.

„Geht es dir gut?", hörte er Luke fragen. Er öffnete die Augen und sah, dass Luke ihn beobachtete.

„Ich bin fast vierzig Jahre alt, aber sobald ich diesen Ton in ihrer Stimme höre, fühle ich mich sofort wieder zurückversetzt, verstehst du?"

„Zurück wohin?"

„Als ich noch versucht habe herauszufinden, was sie von mir erwarten, wer ich sein soll, und keine Antwort finden konnte."

Eine schwere Hand legte sich auf seine und Funken schossen Grays Arm hinauf. Er zog seine Hand zurück, denn er war im Moment einfach zu verletzlich, um sein Verlangen nach dem anderen Mann zu zügeln. „Roman sagte, sie hätte sich Sorgen um mich gemacht."

„Denkst du, er hat gelogen? Wieso sollte er das tun?", fragte Luke. „Denkst du, er wollte dir wehtun?"

Gray dachte daran, wie sein Bruder ihn angesehen hatte, bevor er gegangen war. Als wollte er noch etwas sagen. „Nein", sagte er schließlich. „Das denke ich nicht. Ich denke, er hat sie als Ausrede benutzt."

„Um selbst nach dir sehen zu können", stellte Luke fest.

Gray lächelte. „Das denke ich. Ich hätte nicht damit gerechnet, dass er mir verzeihen würde, wie ich ihn behandelt habe, als er ein

Kind war, aber vielleicht ist dies meine Chance, es wiedergutzumachen."

„Was ist zwischen euch vorgefallen?"

„Das ist eine lange Geschichte", warnte Gray.

Luke war einen Moment still, dann sagte er: „Ich gehe nirgendwo hin."

Bei dieser Aussage und wie Lukes Blick sich direkt in ihn zu bohren schien, zog Grays Körper sich vor Verlangen zusammen. Aber statt sich über den Tisch zu beugen und Luke für einen Kuss an sich zu ziehen, lehnte Gray sich in seinem Stuhl zurück und begann zu erzählen.

Kapitel Sieben

Luke konnte nicht stillsitzen, deshalb stand er auf und studierte die Diplome und Auszeichnungen, die im Büro des Arztes hingen. Abschluss an einem Ivy League-College, Assistenzzeit in einem prestigeträchtigen Krankenhaus - das musste etwas Gutes bedeuten, oder? Also was zum Teufel machte der Kerl in einem Provinzkrankenhaus in Montana?

„Dieser Typ, er ist gut, oder?", fragte er Gray, der in einem der Bürostühle vor dem makellosen Schreibtisch des Arztes saß.

„Er ist gut", antwortete Gray. Seine Stimme klang hohl. Nicht dass Luke es ihm verdenken konnte, denn was der Mann gleich erfahren würde, würde sein Leben verändern.

Sie saßen bereits seit fast fünfzehn Minuten im Büro des Arztes und Luke war drauf und dran, den Mann zu suchen und ihm zu befehlen, seinen Arsch herzuschwingen, damit er ihnen sagen konnte, dass alles gut werden würde - dass das, was Gray durchgemacht hatte, nicht umsonst gewesen war.

Grays letzte Chemotherapie war eine Woche her und von dieser hatte er sich nicht so schnell erholt wie in der Woche zuvor. Auch wenn er nach vierundzwanzig Stunden aufgehört hatte, sich zu übergeben, forderte die Behandlung langsam ihren Tribut, deshalb hatte er sich die meiste Zeit auf der Couch oder im Bett ausgeruht. Er hatte weiter an Gewicht verloren und Luke vermutete, dass er um die fünfzehn Kilo zu wenig wog. Doch es war die mentale Belastung, die Luke am meisten Sorgen machte, denn je näher der Tag rückte, an dem Gray erfuhr, wie es mit ihm weiterging, desto stiller und zurückgezogener wurde er. Und es war auch nicht so, dass Luke ihm aus diesem Loch helfen konnte, denn er fühlte sich ganz genauso.

Diese Hilflosigkeit lähmte Luke und erinnerte ihn an seine Kindheit, als er weder Kontrolle über seine Zukunft gehabt hatte noch Grund zur Hoffnung, dass es besser werden würde. All dies hatte sich geändert, als er achtzehn geworden war und endlich die Freiheit hatte, seine eigenen Entscheidungen zu treffen. Auch das hatte ihm große Angst gemacht, doch wenigstens hatte er eine Wahl gehabt. Im Moment konnte er nur zusehen, wie der Mann, der ihm erschreckend wichtig geworden war, die Folter ertragen musste, dass er nicht wusste, was die Zukunft ihm bringen würde, oder ob er überhaupt eine Zukunft hatte.

Lukes emotionale Bindung an Gray hatte sein körperliches Verlangen nach dem anderen Mann nur verstärkt. Er hatte recht schnell akzeptiert, dass er sich zu einem anderen Mann hingezogen fühlte, auch wenn das Unbekannte ihm ein wenig Angst machte. Was ihm am meisten Sorgen machte, war, was passieren würde, wenn er sich auf eine Beziehung mit Gray einließ. Davon ausgehend, dass der erfahrene und selbsternannte Playboy überhaupt an einem Mann interessiert war, der noch nie einen anderen Mann auf eine sexuelle Art berührt hatte und die Frauen, mit denen er geschlafen hatte, an einer Hand abzählen konnte.

Während Luke es geschafft hatte, die Bedrohung die ihn verfolgte, in den letzten Wochen aus seinen Gedanken zu verbannen, war er doch nicht so dumm zu glauben, dass er nicht mehr in Gefahr war. Selbst wenn er wie durch ein Wunder die Polizei davon überzeugen konnte, dass er unschuldig war, bedeutete das nicht, dass der Mann, der ihn jagte, plötzlich aufgeben würde oder dass ihm nicht jedes Mittel recht sein würde, um Luke in die Finger zu bekommen. Was wiederum bedeutete, dass jeder Tag, den Luke bei ihm blieb, Gray weiter in Gefahr brachte, einem Mann in die Quere zu kommen, der bereits bewiesen hatte, dass er alles tun würde, um seinen Aufstieg zur Macht zu sichern.

„Luke, komm und setz dich. Du machst mich nervös", sagte Gray ruhig.

Luke kehrte zu seinem Stuhl zurück, doch er bemerkte nicht einmal, dass sein Fuß unaufhörlich auf den Boden klopfte, bis Gray die Hand ausstreckte und sie auf Lukes Faust legte, die auf seinem Oberschenkel ruhte.

„Alles wird gut", sagte Gray und drückte zuversichtlich Lukes Hand. Bevor Gray seine Hand zurückziehen konnte, hielt Luke sie fest und drehte sich um, sodass er Gray anschaute. Er konnte nicht anders, als die freie Hand auszustrecken, sie in Grays Nacken zu legen und ihn zu sich zu ziehen, bis sie sich an der Stirn berührten.

„Egal was passiert, ich bin hier", sagte Luke bestimmt, auch wenn er keine Ahnung hatte, wie er dieses Versprechen halten sollte.

„Versprich mir nichts, was du nichts halten kannst", flüsterte Gray. Ihre Münder waren sich so nah, dass Luke spüren konnte, wie Grays warmer Atem über seine Lippen strich. Gray hatte die Augen geschossen, doch die Art, wie seine Hand Lukes fest umklammert hielt, sagte diesem alles, war er wissen musste. Gray hatte Todesangst.

„Ich bin hier", wiederholte Luke in hartem Tonfall. Oh Gott, es wäre so einfach, Grays Lippen an seine zu ziehen. Er wollte es gerade tun, da er sich nicht mehr davon abhalten konnte, doch plötzlich öffnete sich die Tür und er ließ Gray los.

„Es tut mir leid, dass Sie warten mussten, Gray", sagte der Doktor, schloss die Tür hinter sich und ging zu seinem Schreibtisch. Gray hatte Lukes Hand losgelassen, deshalb ballte Luke die Fäuste erneut, um sich davon abzuhalten, über den Schreibtisch zu springen und von dem Arzt zu verlangen, dass er ihnen sagte, was sie hören wollten ... nein, was sie hören *mussten*.

Grays Hand zitterte fürchterlich, als er den Knopf im Aufzug drückte. Er hatte keine Ahnung, ob Luke es bemerkt hatte, denn der Mann hatte ihn nicht ein einziges Mal angesehen, seit sie das Büro des Doktors verlassen hatten. Eigentlich hatte er kein Wort gesagt. Selbstverständlich war es Gray nicht besser ergangen.

Remission.

Es hatte eine ganze Weile gedauert, bis Grays verwirrtes Gehirn tatsächlich realisierte, was der Arzt gesagt hatte. Er hatte so viel Zeit damit verbracht, sich auszumalen, wie er darauf reagieren würde, wenn der Arzt sagte, dass er noch weitere Behandlungen oder Operationen brauchte, dass er nicht darüber nachgedacht hatte, was geschehen würde, wenn der Arzt dieses Wort aussprach. Als er an seinem Tiefpunkt angelangt war, hatte er Luke gebeten, ihm sein Laptop zu bringen, dann hatte er nach Wohltätigkeitsorganisationen gesucht, denen er den Großteil seines Vermögens hinterlassen konnte. Nicht in seinen wildesten Träumen hätte er gedacht, dass es so schwer sein würde, dieses eine Wort zu hören, auf das er gehofft hatte.

Die Türen des Aufzugs öffneten sich. Er trat ein, lehnte sich an die Wand und stützte sich am Handlauf ab, für den Fall, dass seine zitternden Beine ihren Job nicht mehr machen wollten. Luke streifte ihn kurz, als er den Knopf für das richtige Parkdeck drückte. Er war so still, dass Panik Gray überkam, und er flüsterte: „Du hast es auch gehört, oder?"

Endlich sah Luke ihn an und der verstörte Ausdruck in den sturmgrauen Augen des Mannes traf Gray unvorbereitet. „Er sagte, dass ich in Remission bin, nicht wahr?", brachte er hervor.

Luke nickte und starrte ihn einen Moment lang an. Gray wollte ihn schon fragen, was los war, als Luke plötzlich vor ihm stand. Sein großer Körper presste sich an Gray und seine Hände lagen an Grays Nacken. Er benutzte die Daumen, um Grays Kopf nach oben zu neigen. Gray hatte keine Zeit, überrascht aufzukeuchen, denn schon lag Lukes Mund auf seinem.

Der Kuss war so zärtlich und so süß, dass Gray Tränen in die Augen traten. Statt die Einladung von Grays geöffneten Lippen anzunehmen, strich Luke mit seinen Lippen zuerst über Grays Unterlippe. Sein Mund war fest und warm und sein Atem vermischte sich mit dem von Gray, als er den Bruchteil einer Sekunde innehielt, bevor er Grays Oberlippe küsste. Dann strich er ein weiteres Mal über Grays Lippen und zog sich zurück.

Gray hatte nicht einmal gemerkt, dass er die Augen geschlossen hatte, bis er sie wieder öffnete und sah, dass Luke ihn hungrig anstarrte. Lukes Hände lagen immer noch an seinem Kinn und seine Daumen strichen über Grays erhitzte Haut. Gray war drauf und dran, Luke zu bitten, ihn noch einmal zu küssen, als die Aufzugtüren sich öffneten. Luke ließ die Hände sinken und trat zurück, als mehrere Leute zu ihnen in den Aufzug stiegen. Als Luke den Blick abwendete und sich auf die Leute, die vor ihm standen, konzentrierte, holte Gray so tief Luft, dass ihm schwindelig wurde. Zum Glück hielt der Aufzug noch ein paar Mal an, bevor er sich wieder bewegen und Luke zum Truck folgen musste. Luke sagte nichts, als er zur Fahrertür ging, und Gray nutzte den Moment, um den simpelsten und verheerendsten Kuss seines Lebens zu verarbeiten.

Es war tausend Mal besser gewesen, als er erwartet hatte. Und er bereute es nicht einen Moment lang.

Luke konzentrierte sich auf die gewundene Straße, die den Berg hinaufführte. Das war eine lahme Ausrede, um nicht mit Gray zu reden, doch selbst die einstündige Fahrt von Missoula hatte die Emotionen, die sich in seiner Brust wanden, seit der Doktor das magische Wort ausgesprochen hatte, nicht gebändigt. Das Wort, das bedeutete, dass Gray in sein Leben zurückkehren konnte. Das Wort, das bedeutete, dass Luke sein eigenes Leben auf die Reihe bekommen musste.

Gray zu verlassen, war die einzig logische Lösung, doch nur weil es logisch war, bedeutete das nicht, dass es einfach werden würde. Deshalb hatte er sich ein Versprechen gegeben, als Gray ihn im Aufzug angesehen und von ihm hören wollte, dass der Arzt wirklich gesagt hatte, die Tumore wären verschwunden. Einmal von Gray zu kosten - das hätte genug sein sollen, um sein Versprechen, dass er gehen würde, zu halten. So hätte es sein sollen, aber Gott helfe ihm, so war es nicht.

Es wurde schon dunkel, als Luke in Grays Einfahrt bog. Er erreichte die Vordertür vor Gray und öffnete sie, um Ripley hinauszulassen. Der Hund umkreiste ihn mehrmals aufgeregt, dann rannte er zu Gray. Grays Hände streichelten das große Tier, während er mit tiefer Stimme etwas Unverständliches sagte. Bei dem seidigen, glatten Timbre schwoll Lukes Schwanz in seiner engen Jeans noch mehr an und er ging ins Haus in der Hoffnung, sich wieder unter Kontrolle zu bekommen, bevor Gray hereinkam. Er hörte, wie die Tür hinter ihm sich schloss, doch er drehte sich nicht um.

Da er hinter sich keine Bewegung hörte, wusste er, dass Gray immer noch bei der Tür stand, doch Luke brachte es nicht über sich, den anderen Mann anzusehen. Er konnte auch das Klicken von Ripleys Krallen auf dem Holzboden nicht hören, deshalb nahm er an, dass der Hund draußen geblieben war, um das Grundstück zu erkunden.

„Es war ein intensiver Moment, Luke. Die Emotionen sind hochgekocht ... Da passiert so etwas eben. Es hat nichts zu bedeuten - ich verstehe das. Nichts hat sich geändert."

Luke wollte auflachen. Dachte Gray tatsächlich, dass er den Kuss bereute? „Für dich, Gray?"

„Was?"

„Für dich hat sich nichts geändert?", fragte Luke, als er sich schließlich umdrehte. „Denn für mich hat sich alles geändert."

Gray stand dicht bei der Tür, die Arme schützend um sich

geschlungen. „Ich weiß nicht, was du von mir hören willst, Luke", flüsterte er.

„Ich will von dir hören, dass wir das nicht tun sollten ... dass dadurch alles nur komplizierter wird."

Gray schüttelte den Kopf. „Das werde ich nicht sagen."

Lukes Inneres verkrampfte sich und sein Herz sank, denn er wusste, dass er nun keinesfalls in der Lage sein würde, sein Versprechen zu halten. Er bewegte sich vorwärts, bevor er es sich anders überlegen konnte, und Gray kam ihm entgegen. Ihr zweiter Kuss war das genaue Gegenteil des ersten und Luke gab seinen inneren Widerstand endlich auf, als Grays Zunge mit seiner um die Oberhand rang. Es war eine Schlacht, die er mit Freuden verlor, denn das Gefühl von Grays Zunge, die in seinen Mund eindrang, brachte ein tiefes Stöhnen aus seiner Kehle hervor, während er mit den Hüften gegen den anderen Mann stieß. Grays lange Finger klammerten sich an sein Haar, damit er diesem sinnlichen Angriff stillhielt, doch das hinderte Lukes Hände nicht daran, an Grays Rücken auf und ab zu wandern. Obwohl Grays Körper geschwächt war, sehnte Luke sich danach, jeden Zentimeter von ihm zu entdecken. Seine Hände ruhten schließlich in Grays Kreuz und er genoss, wie weich die Haut dort war. Doch seine Erkundung wurde unterbrochen, als eine Hand über seinen Schwanz rieb und er heiser aufstöhnte. Gray nutzte die Gelegenheit und stieß die Zunge wieder in Lukes Mund.

Gray rieb Lukes Schwanz wieder und wieder, während Luke schamlos gegen ihn stieß, doch als die Hand verschwand, machte Luke zittrig: „Nein."

„Schhh", sagte Gray an seinen Lippen. „Ich werde mich um dich kümmern."

Luke hatte keine Zeit, über diese Worte nachzudenken, denn Gray steckte die Hand unter Lukes Shirt und strich über seinen Bauch, bevor seine Hand unter dem Bund seiner Jeans verschwand. Sobald die heiße, raue Haut seinen Schwanz berührte, schoss Luke vorwärts, um den Kontakt zu vertiefen. Doch Gray überraschte ihn, indem er Dominanz zeigte und ihn mit seinem Körper mehrere

Schritte rückwärts zwang. Lukes Hintern traf die Couch und er stützte sich automatisch mit einer Hand ab. Gray machte mit dem Knopf und dem Reißverschluss seiner Jeans kurzen Prozess und der Stoff schaffte es nicht einmal bis zu Lukes Oberschenkeln, bevor Gray in die Knie ging und Lukes geschwollenen Schwanz in seinen heißen, gierigen Mund nahm.

Gray wurde schwindelig, wenn er über die Entwicklung der Ereignisse nachdachte, doch sobald Lukes feuchter Schwanz über seine Lippen glitt, überkam ihn eine plötzliche Ruhe. Aus irgendeinem Grund wollte Luke es ... wollte ihn, und das würde Gray auf keinen Fall verderben, auch wenn nicht alle Teile seines Körpers bei der Sache waren. Er hatte einen Funken Hoffnung gehabt, dass sein Schwanz reagieren würde, als Lukes Hände über seinen Körper gewandert waren, doch das hatte er nicht. Der Rest von Grays Körper war angespannt vor Verlangen, doch sein Schwanz ließ ihn hängen - im wahrsten Sinne des Wortes. Aber im Moment war das Gefühl von Lukes Körper, der ihn umgab ... der mit ihm verbunden war, genug.

Seine Zunge erkundete die Erhebungen von Lukes Schaft, dann saugte er an der Spitze. Luke war dicker und länger als die meisten Männer, mit denen er bisher zusammen gewesen war, deshalb dauerte es eine Weile, bis er Luke tief in seine Kehle nehmen konnte. Doch nachdem er es geschafft hatte, schluckte er einmal und als er das daraus resultierende, zustimmende Stöhnen hörte, tat er es noch einmal. Er konnte fühlen, wie Lukes Hände sich an seinen Kopf legten. Es hatte etwas unglaublich Erotisches an sich, als die rauen Finger über seine blanke Kopfhaut strichen. Doch die Art, wie Luke seinen Namen voller Staunen und Verlangen flüsterte, erregte ihn noch viel mehr.

Grays Hände landeten auf Lukes knackigem Hintern und er musste die Arschbacken einfach kneten. Das war wahrscheinlich zu viel für jemanden, der noch nie mit einem Mann zusammen gewesen war, doch Luke schien kein Problem damit zu haben, denn er verstand Grays stille Aufforderung und begann, in Grays Mund zu stoßen. Glücksseliges Stöhnen entkam aus Lukes Mund, als Grays bei jeder Vorwärtsbewegung die Zunge um seinen Schaft schlang, doch dann tat Luke etwas, womit Gray nicht gerechnet hatte. Er zog aus Grays Mund zurück und beugte sich herunter, um ihre Lippen zusammenzubringen. Dieses Mal war es Grays Mund, der erkundet wurde, und als Luke ihn schließlich losließ, vergaß Gray kurzzeitig, was er eigentlich vorgehabt hatte, denn er verlor sich in Lukes hungrigem Blick.

„Ich wusste, dass es so sein würde", murmelte Luke und sein Daumen strich über Grays Unterlippe.

„Wie?", flüsterte Gray.

„Als hätte ich etwas gefunden, von dem ich nicht wusste, dass mir es gefehlt hat."

Diese Worte hielten Gray mehrere Momente lang gefangen, dann saugte sein hungriger Mund Lukes Schwanz in seine Tiefen. Er zeigte keine Gnade, während er an der empfindlichen Haut leckte, saugte und knabberte. Als er hörte, wie Luke aufschrie, legte er die Lippen um das zuckende Fleisch zwischen und schluckte, während ein Strahl Samen nach dem anderen seine Kehle traf. Nachdem Lukes Orgasmus abgeebbt war, saugte Gray noch eine Weile an der Spitze, bis wirklich nichts mehr übrig war, dann stand er auf und zog Luke in einen brennenden Kuss.

Luke hätte nie gedacht, dass der Geschmack seines eigenen Saftes ihn erregen würde, doch da er von Grays Mund ausging, konnte Luke nicht genug davon bekommen. So erschöpft er von diesem explosiven Orgasmus, den er in jeder Faser seines Körpers gespürt hatte, auch war, konnte er es dennoch nicht erwarten sich zu revanchieren und streckte die Hand aus, um über Grays Beule zu streichen. Aber bevor es dazu kam, trat Gray zurück und sagte: „Wir sollten nach Ripley sehen."

Die Abfuhr tat weh, doch Luke löste seinen Griff um Grays Taille. „Okay."

Er konnte den Ausdruck in Grays Augen nicht deuten, als dieser noch mehr Abstand zwischen sie brachte, aber als Grays murmelte: „Ich denke, ich gehe ins Bett", konnte Luke nur nicken, denn die Leidenschaft, die er vor einem Moment noch gespürt hatte, verwandelte sich in ihm zu etwas Kaltem und Hässlichem.

„Habe ich etwas falsch gemacht?", hörte er sich selbst fragen, bevor er es sich anders überlegte. Er verachtete die Verletzlichkeit in seiner Stimme, doch dass er nicht wusste, was er getan hatte, dass Gray eine solche Kehrtwende vollzogen hatte, hasste er noch mehr.

„Nein, ich bin bloß müde", sagte Gray mit kaum überspielter Verlegenheit. „Bis morgen."

Luke sah zu, wie Gray ihm den Rücken zudrehte und in dem Flur verschwand, der zu seinem Schlafzimmer führte. Es kostete ihn große Anstrengung, ihm nicht zu folgen und eine Erklärung zu verlangen, deshalb ging er nach draußen. Er lief eine halbe Stunde lang auf dem Grundstück herum, während die Sonne hinter den Horizont sank, doch nicht einmal die kühle Luft konnte seine frustrierte Wut beruhigen. Luke hatte einige Blow Jobs bekommen von den Frauen, mit denen er kurze Beziehungen geführt hatte, doch keiner davon war dem von Gray gleichgekommen. Die Frauen hatten anscheinend nur sein körperliches Verlangen stillen wollen, doch bei Gray hatte es sich nach so viel mehr angefühlt. Er hatte den Ausdruck in Grays Augen gesehen, als er ihm gesagt hatte, was er empfand - er hatte es in Grays Berührungen gespürt, verdammt ... das konnte man nicht vorspielen.

Es war dieser Gedanke, der Luke dazu brachte, wieder zurück ins Haus direkt zu Grays Zimmer zu stürmen. Er riss die Tür auf und stellte fest, dass Gray nicht schlief. Er saß komplett angezogen auf seinem Bett und schaute auf sein Tablet.

„Du schuldest mir mehr!", knurrte Luke, dann marschierte er in das Zimmer und entriss Gray das Tablet. „Du kannst nicht einfach meine Welt auseinandernehmen und dich dann hier hinter einem deiner Bücher, die du so sehr liebst -"

Lukes Tirade erstarb, als er auf das Tablet schaute und sah, was Gray gelesen hatte. „Was ist das?", fragte er und überflog den Titel des Artikels. *Sex nach der Diagnose Hodenkrebs - Was Sie wissen müssen.*

„Nichts", murmelte Gray und versuchte, sich an Luke vorbei zu drängen.

Luke packte ihn mit der freien Hand. „Ist das der Grund, warum du weggegangen bist?", fragte er und hob das Tablet.

Gray senkte den Blick. „Der Arzt sagte, dass das Testosteron, das ich einnehme, helfen würde, einen hochzukriegen ..."

Er verstummte und versuchte, sich aus Lukes Griff zu befreien. Luke ging ein Licht auf und er warf das Tablet aufs Bett. „Du hast da unten nichts gespürt."

„Ich habe Dinge gefühlt, die ich noch nie zuvor gefühlt habe, doch nicht dort, wo ich damit etwas anfangen könnte", gab Gray zu. Er schielte zu dem Tablet. „Ich hatte gehofft, etwas zu finden, dass ich probieren könnte ...", setzte er an, doch dann schüttelte er den Kopf. Luke entging nicht, dass Röte seine Wangen überflutete.

Luke hasste es, wie angespannt Gray war, doch das Einzige, was ihm dagegen einfiel, war, ihn lange und tief zu küssen. Als er Grays Stöhnen vernahm, jubelte Luke innerlich triumphierend auf, dann stieß er Gray auf das Bett und fixierte ihn mit seinem Körper. Sein eigener Schwanz war bereits wieder steinhart und er schrie fast erleichtert auf, als Gray die Beine spreizte, um ihm Platz zu machen.

„Unsere Körper passen perfekt zusammen", flüsterte er und bedeckte Grays Gesicht mit federleichten Küssen. Er konnte Grays Hände an seiner Taille fühlen und sie verkrampften sich bei Lukes Worten. „Ich will dich nur erkunden, Gray. Wenn das alles ist, was wir heute Nacht oder morgen tun ..."

Luke bemerkte, dass er sich auf dünnes Eis begab, wenn er von einer Zukunft sprach, die nicht existierte, deshalb änderte er seine

Taktik. Er rutschte tiefer an Grays Hüften hinunter und küsste ihn. „Sag mir, dass das in Ordnung ist", bat er schließlich, als er Luft holen musste.

Gray nickte, doch er versuchte, sich aufzusetzen. „Lass mich nur das Licht ausschalten", meinte er und versuchte, sich unter Luke herauszuwinden.

„Nein, ich will alles an dir sehen", sagte Luke, während er Gray mit Leichtigkeit überwältigte und seine Arme sanft festhielt.

Tränen traten in Grays Augen und Luke ließ ihn auf der Stelle los, doch Gray lag einfach bewegungslos unter ihm. „Ich bin ein Freak, Luke", schrie er plötzlich auf. „Selbst wenn mein Haar nachwächst und ich zunehme, bin ich trotzdem nur ein halber Mann."

Gray sah so verzweifelt aus, während Tränen über seine Wangen liefen, dass Luke ihn fast losgelassen hätte. Doch sein Instinkt sagte ihm, dass er bleiben sollte, wo er war. Er beugte sich herunter und küsste die salzigen Tränen weg, bis sie versiegt waren. Gray entspannte sich schließlich unter ihm und seine harschen Atemzüge wurden ruhiger. Und als Luke ihn auf den Mund küsste, erwiderte er den Kuss.

„Fühlst du das, Gray?", flüsterte Luke und rieb seine Erektion an Grays Körper. „Auch wenn du die Worte, die ich gleich sagen werde, nicht glauben kannst, mein Körper lügt nicht und zeigt dir genau, wen er will.

Ich wusste an dem Tag, als wir uns getroffen haben, dass ich dich auf eine Art wollte, wie noch keinen anderen Menschen zuvor, weder Mann noch Frau. Und ich wusste, als ich mit Dane und Jax gesprochen habe, dass dieses Verlangen sich nicht auf jeden Mann bezieht, sondern nur auf einen Mann. Das bist du, und nur du. Nichts an dir stößt mich ab. Nichts."

Er beugte sich vor und küsste Gray auf die Lippen. „Ich höre sofort auf, wenn du es von mir verlangst, doch es sollte wirklich daran liegen, dass du es nicht willst, denn ich werde nichts anderes akzeptieren."

Luke war hoch erfreut, als Gray den nächsten Kuss initiierte. Der

Kuss wurde schnell von vorsichtig und unsicher zu begierig und roh und es war Luke, der ihn unterbrechen musste, um Luft zu holen. Grays Hände fanden ihren Weg unter sein Shirt und strichen an seinem Rücken auf und ab, während er die Hüften hob, sodass sein Schwanz bei jeder Aufwärtsbewegung über den von Luke rieb.

Als sein Verlangen schnell außer Kontrolle geriet, riss Luke sich los, zog sein T-Shirt aus und kümmerte sich dann um Grays Knöpfe. Seine Finger fühlten sich dafür zu groß und ungeschickt an, und als er Grays Blick traf, sagte er: „Siehst du, was du mit mir machst?"

Selbst in seinen eigenen Ohren klang seine Stimme heiser. Doch Gray schien sein Dilemma zu verstehen, denn er setzte sich auf und begann, Luke, der nun auf seinen Oberschenkeln saß, mit den Knöpfen zu helfen. Luke hörte auf und konzentrierte sich stattdessen darauf, Gray zu küssen. Als Gray den letzten Knopf geöffnet hatte, zögerte er und Luke wusste, dass er Angst davor hatte, jenen letzten Schritt zu tun und seinen Körper vollkommen zu offenbaren.

„Zeig es mir", flüsterte Luke am Grays Lippen.

Gray zog sein Hemd langsam aus und warf es auf den Boden, dann ließ er die Hände auf Lukes Oberschenkel sinken. Lukes Finger erkundeten Grays glatte Haut. Obwohl es offensichtlich war, dass Gray Muskelmasse verloren hatte, störte Luke sich nicht im Geringsten daran, während er jede Erhebung und jede Vertiefung erkundete. Seine Finger hielten an der Stelle von Grays Brust inne, wo er ihn an jenem ersten Tag mit der Faust getroffen hatte.

„Es scheint eine Ewigkeit her zu sein, nicht wahr?", sagte er leise.

„Ich hätte nie gedacht, dass einer der schlimmsten Tage meines Lebens auch einer der besten werden würde", erwiderte Gray.

Luke hielt einen Moment inne und verdaute diese Worte, dann stieß er Gray wieder auf das Bett und bearbeitete seinen Mund. Grays eifrige Zunge hieß Luke willkommen, als er zwischen Grays volle Lippen drang. Sie küssten sich minutenlang, bis Luke sich schließlich dazu zwang, sich von Grays Mund zu lösen und eine Spur aus Küssen an Grays Hals zu hinterlassen. Seine Finger wanderten über Grays Brust und hielten an seinen Nippeln inne. Er spielte mit einem, während er an der Stelle saugte, wo Grays Hals und Schulter sich trafen, und hörte ein ersticktes Stöhnen von Gray. Als nächstes attackierte er Grays anderen Nippel. Bei dem Wimmern, das daraufhin erklang, rieb Luke seinen Schwanz an dem von Gray, ohne nachzudenken.

Als Luke sich an Grays Körper hinunterarbeitete, spürte er, wie Gray sich anspannte. Diese Reaktion half Luke, sein rasendes Verlangen zu zügeln und er rutschte wieder nach oben, um Gray zu küssen. „Rutsch ein Stück", sagte er leise. Gray zögerte - wahrscheinlich, weil er wusste, wieso Luke wollte, dass er sich weiter aufsetzte - doch er stützte sich auf die Ellenbogen und drückte sich in Richtung Kopfende, dann legte Luke sich wieder auf ihn.

„Ein Wort von dir und wir hören auf, Gray. Ich will einfach nur mit dir zusammen sein, und wenn alles, was wir tun, schlafen ist -"

Gray setzte sich auf und küsse ihn, bevor er den Satz zu Ende bringen konnte, dann nahm er Lukes Hand und legte sie auf den Knopf seiner Hose. Er legte sich wieder zurück und beobachtete, wie Luke langsam den Knopf öffnete. Als Nächstes war der Reißverschluss dran, dann kletterte Luke von Gray herunter, damit er Gray die Hose ausziehen konnte. Er beließ Grays Unterhose, wo sie war, und richtete seine Aufmerksamkeit auf Grays Oberkörper. Er küsste und berührte jede Stelle, die er erreichen konnte, und als er aufblickte, um sicherzugehen, dass es Gray gut ging, sah er zu seiner Freude, dass Grays Augen geschlossen waren und er sich auf die Unterlippe biss.

Luke strich über Grays immer noch schlaffen Schwanz und in diesem Moment kehrte all die Anspannung, die er aus Grays Körper vertrieben hatte, mit einem Schlag wieder zurück und er riss die Augen auf. Luke behielt die Hand auf Grays Schwanz, während sie Blickkontakt hielten, doch er machte keine Anstalten, Gray die Unterhose auszuziehen, bis dieser kaum merklich nickte. Gray hob die Hüften, damit Luke ihm die Unterwäsche herunterziehen konnte, doch er entfernte sie nicht vollkommen, denn sein Blick war nur auf Grays Schwanz gerichtet.

Unsicherheit überkam ihn, als ihm plötzlich bewusst wurde, was er im Begriff war zu tun. Er hatte sehr genossen, was Gray im Wohnzimmer mit ihm gemacht hatte, doch einen Blow Job zu bekommen, war etwas vollkommen anderes, als jemandem einen zu geben. Was, wenn er es hasste und nicht zu Ende bringen konnte? Was würde das mit Grays empfindlicher Psyche anstellen? Doch während die Zweifel begannen, sich in ihm auszubreiten, erinnerte er sich an das Vertrauen, das Gray ihm geschenkt hatte - diese einzige Chance, die er Luke gegeben hatte, ihm zu beweisen, dass er nicht weniger ein Mann war.

Mit diesem Gedanken im Kopf beugte Luke sich vor und fuhr mit der Zunge über die überraschend weiche Haut. Neugierig tat er es erneut, dann noch einmal, und mit jeder streichelnden Bewegung spürte er, wie Speichel in seinen Mund trat und seine Lust explodierte. Wenn er auch zuerst gezögert hatte, einen Mann derart intim zu berühren, konnte davon keine Rede mehr sein, als er mit der Zunge über die Spitze leckte. Gray fuhr unter ihm auf, also tat er es erneut. Während er Grays Länge erkundete, hörte er einen aufgewühlten Schrei. Er schaute auf und sah, dass Gray die Hände vor die Augen gelegt hatte.

Statt Gray zu fragen, ob er aufhören sollte, zog Luke Grays Schwanz mit der Hand von seinem Körper weg. Er ignorierte die leere Haut unter dem schweren Fleisch und legte die Lippen auf die Spitze. Mit jedem Saugen nahm er mehr von Grays Länge in seinen Mund auf und er spürte einen erfreuten Stich, als die heiße Haut auf seiner Zunge zuckte. Gray war totenstill geworden und Luke wagte es nicht, zu ihm aufzuschauen, denn er würde es nicht ertragen, die Enttäuschung des anderen Mannes zu sehen. Während er Grays Schwanz weiterhin massierte, steckte er die Handfläche unter Grays Arsch, um das Fleisch zu kneten, dabei rutschte sein Finger in die Spalte und fand sein Loch. Er strich mehrmals über den pulsierenden Eingang, dann zog er seinen Finger zurück. Statt den Finger in seinen eigenen Mund zu stecken, langte er nach oben und presste ihn an Grays Lippen.

Gray musste bemerkt haben, was er vorhatte, denn er beobachtete ihn mit einer Mischung aus Verzweiflung und Verlangen und öffnete sofort den Mund und saugte an Lukes Finger. Der Druck, den Gray ausübte, erinnerte Luke an das Gefühl, wie der Mund des Mannes um seinen Schwanz gelegen hatte, und auf der Stelle änderte er selbst den Druck, den er auf Grays Schwanz ausübte. Ein Zischen entkam Grays Mund, als er Lukes Finger losließ, und Luke schrie fast auf, als Gray sich in seinem Mund verdickte. Luke bearbeitete ihn weiter und brachte seinen Finger einmal mehr an Grays Öffnung. Grays Speichel erleichterte ihm das Eindringen, und sobald er den äußeren Muskel, der ihm den Zugang verwehren wollte, durchstoßen hatte, schwoll Grays Schwanz noch mehr an.

„Luke!", stöhnte Gray und ein weiterer Blick nach oben zeigte Luke, dass er Grays ganze Aufmerksamkeit hatte.

Luke zog den Finger heraus und drang wieder ein, bis er so tief drin war, wie es ging. Gray begann, abwechselnd in seinen Mund zu stoßen und zu versuchen, Lukes Finger noch tiefer in sich zu haben. Luke streichelte Grays innere Wände, bis er den Knoten fand, den er gesucht hatte. Bei dieser Berührung brüllte Gray tatsächlich auf und begann, heftig in Lukes Mund zu stoßen, während er so hart wurde, dass Luke ihn nicht mehr vollkommen im Mund behalten konnte, ohne zu würgen. Luke strich wieder und wieder über Grays Prostata, während er an ihm saugte, dabei wurde seine eigene Lust so intensiv, dass er begann, sich am Bett zu reiben. Plötzlich entkam Gray ein Fluch, dann zuckte er unkontrolliert gegen Luke. Auch wenn Grays Orgasmus keine Flüssigkeit hervorbrachte, reagierte Lukes Körper auf den zuckenden Schwanz in seinem Mund, und er verkniff sich ein Stöhnen, während er ebenfalls kam.

Mehrere Sekunden vergingen, in denen Luke versuchte, wieder zu Atem zu kommen, was nicht leicht war, denn er war noch nicht bereit, Grays immer noch zuckenden Schwanz loszulassen oder seinen Finger aus dem Arsch des anderen Mannes zu ziehen. Luke saugte sanft an Gray, während sie beide wieder auf den Boden der Tatsachen zurückkamen. Schließlich zog er den Finger aus Grays

Körper und ließ seinen Schwanz los, nachdem er ein letztes Mal darüber geleckt hatte. Er ignorierte die Flüssigkeit in seiner Unterhose und rutschte zu Gray nach oben. Grays Augen waren geschlossen und er war still ... so still, dass Luke Angst bekam, er hätte ihm vielleicht unbeabsichtigt wehgetan.

„Gray ...“

Gray öffnete langsam die Augen, und als Luke unvergossene Tränen sah, berührte er sein Gesicht. „Oh Gott, habe ich dir wehgetan?“

Gray schüttelte schnell den Kopf, und auch wenn die Tränen nun flossen, streckte er die Hand aus und legte sie an Lukes Wange. Luke war erleichtert, doch er war vollkommen unvorbereitet, als Gray plötzlich flüsterte: „Ich liebe dich, Luke.“

Kapitel Acht

„Erzählst du mir davon?", fragte Gray und strich mit den Fingern über die Narbe, die an Lukes Schläfe ansetzte und in seinem Haar verschwand. Er streichelte Luke nun schon eine ganze Weile, seit er wach geworden war und festgestellt hatte, dass Luke auf seiner Brust lag. Fast dreißig Minuten waren vergangen, bis Lukes Atmung sich verändert hatte und er aufwachte. Gray hatte die Zeit genutzt, um über die letzte Nacht nachzudenken, als ihm die drei Worte über die Lippen gekommen waren. Luke hatte sie nicht erwidert, er hatte ihn nur lange und tief geküsst. Als Luke aus dem Bett gestiegen und im Bad verschwunden war, hatte Gray einen Moment lang geglaubt, dass er alles verdorben und Luke verloren hatte, doch Luke war kurz darauf wieder zurückgekommen, ohne Jeans und Unterhose, dann war er zu ihm unter die Decke gekrochen und hatte Gray an seine Brust gezogen.

Luke versteifte sich in seinen Armen, doch er rührte sich nicht, außer dass er immer wieder über Grays Seite fuhr. Sein Ohr war an Grays Brust gepresst und Gray stellte sich vor, wie Luke seinen rasenden Herzschlag hörte.

„Es ist im letzten Herbst passiert. Meine Einheit war auf einer

Mission in einem kleinen Dorf direkt außerhalb von Kabul. Es gab Hinweise, dass ein hochrangiger Taliban-Führer sich dort mit seiner Familie versteckte, deshalb sollten wir ihn finden."

„Habt ihr ihn gefunden?"

Luke schüttelte den Kopf. „Wir haben uns in Zwei-Mann-Teams aufgeteilt, um die Häuser zu durchsuchen, doch als wir unseren Staff Sergeant und den Private, mit dem er unterwegs war, nicht über Funk erreichen konnten, wollten mein Kumpel Eddie und ich sie suchen."

Luke war so lange still, dass Gray fragte: „Was ist passiert?"

Luke schüttelte den Kopf. „Es ging so schnell. Wir durchsuchten das Haus, in dem Staff Sergeant Shaw und Private Barnes hätten sein sollen, da war Eddie plötzlich weg. Dann wurde ich getroffen. Ich bin eine Woche später in einem Krankenhaus in Deutschland wieder aufgewacht und konnte mich nicht erinnert, was in dieser Nacht passiert ist."

„Deine Kollegen?"

„Denen ging es gut. Barnes war da, als ich aufgewacht bin, und er hat mir erzählt, dass sein und Shaws Funkgeräte ausgefallen waren und dass sie das Haus bereits durchsucht hatten. Er sagte, ein Aufständischer müsse hereingekommen sein, nachdem ..."

„Tut mir leid, Luke."

„Eddie war zweiundzwanzig Jahre alt. Seine Freundin hatte nur ein paar Wochen zuvor ihre gemeinsame Tochter zur Welt gebracht und er hatte geplant, ihr einen Heiratsantrag zu machen, wenn er wieder zurück war."

Gray verstärkte den Griff um Luke, denn er bezweifelte, dass er irgendetwas sagen konnte, um den Schmerz dieser Tragödie zu lindern.

„Was ist danach passiert? Bist du nach Hause gekommen oder nach Afghanistan zurückgekehrt?"

„Nach Hause. Es war die letzte Mission unserer Einheit während dieses Einsatzes, deshalb war mein Team bereit, in die Staaten zurückzukehren, als ich wiederhergestellt war. Barnes hat mich begleitet. Eine Woche nach meiner Rückkehr habe ich Eddies Freundin besucht. Sie hat in einem kleinen Appartement außerhalb der Kaserne gelebt und hatte beschlossen, wieder nach Arizona in die Nähe ihrer Familie zu ziehen. Ich habe ihr geholfen, ein paar Sachen in ihr Auto zu laden, als ich den ersten Flashback hatte."

Gray zuckte zusammen. „Aus dieser Nacht?"

Luke nickte. „Mir war zuerst nicht bewusst, was es bedeutete - nur ein paar Stimmen, ein Schuss, Eddie, der zu Boden fiel. Die Ärzte sagten mir, dass ich nicht damit rechnen sollte, dass die Erinnerung an diese Nacht zurückkehrt, deshalb nahm ich an, dass es eine einmalige Sache war. Doch es passiert immer wieder. Ein kurzes Aufblitzen hier und da, das für mich keinen Sinn ergab."

Die Anspannung in Lukes Körper sagte alles und Gray fragte: „Du hast dich an alles erinnert, nicht wahr?"

Ein weiteres Nicken.

„Erzähl es mir", drängte Gray.

„Vor ungefähr sechs Wochen kam mit einem Mal alles zurück."

Unmittelbar bevor Luke am Straßenrand außerhalb von Dare aufgetaucht war.

„Als Eddie und ich das Haus durchsucht haben, haben wir Stimmen gehört - Schreie. Wir haben die Stimme des Mannes als die von Staff Sergeant Shaw erkannt, deswegen folgten wir ihr in ein Hinterzimmer. Shaw und Barnes standen über einer Frau und ihren drei Kindern, die auf den Knien kauerten. Shaw war überzeugt, dass sie die Ehefrau des Mannes war, den wir suchten, und er schrie sie an, sie solle ihm sagen, wo der Kerl war. Sie weinte und sagte, dass sie nicht wüsste, wen er meinte."

Lukes Stimme brach und Gray streichelte seine Schulter. „Dann hat Shaw seine Waffe gezogen und das erste Kind erschossen. Ein kleiner Junge - nicht einmal drei Jahre alt. Ich habe ihn angeschrien, dann ist Eddie zu Boden gefallen. Ich wurde als nächstes getroffen. Als ich am Boden lag, sah ich, wie Shaw seine Waffe auf das nächste Kind richtete, dann wurde alles schwarz."

Gray ging ein Licht auf und er fühlte, wie ihm der Magen in die Kniekehlen rutschte. „Es sind die beiden, die hinter dir her sind."

„Nur Shaw. Nachdem meine Erinnerung zurückgekehrt war, habe ich Barnes aufgesucht, um ihn damit zu konfrontieren - er war, während ich im Krankenhaus war, die ganze Zeit an meiner Seite und ist mir wie ein Schatten gefolgt, als ich wieder zu Hause war. Ich dachte zu der Zeit, er wollte mir ein guter Freund sein."

„Er hat dich im Auge behalten, falls deine Erinnerung zurückkehrt."

„Shaw und er haben mich in diesem Haus zurückgelassen, weil sie mich für tot hielten. Ein paar Mann aus meinem Team haben Eddie und mich gefunden, als sie uns über Funk nicht erreichen konnten. Nachdem ich wusste, dass es Shaw und Barnes waren, bin ich zum Appartement von Barnes gegangen. Er lag in seinem Wohnzimmer in einer Blutlache. Ich wollte gerade nach einem Puls suchen, als Shaw aus dem Schlafzimmer kam. Er hat gelacht, als er mich gesehen hat und gemeint, dass ich ihm Arbeit erspart hätte. Dann zog er eine Waffe und fragte mich, ob sie mir bekannt vorkäme."

„War es deine Waffe?", fragte Gray, denn plötzlich ergab alles Sinn.

Luke nickte. „Barnes oder er müssen sie mir abgenommen haben, nachdem sie auf mich geschossen hatten."

„Er hat sie benutzt, um Barnes zu töten, nicht wahr?"

„Meine Fingerabdrücke waren überall darauf, denn es war meine Waffe ..."

„Scheiße", flüsterte Gray.

„Ich habe es geschafft, mich von Shaw zu befreien, doch er konnte einen Schuss abfeuern, bevor ich fliehen konnte."

Grays Finger fanden die Narbe an Lukes Seite - diejenige, die er genäht hatte.

„Ich habe es gerade so zu meiner Wohnung geschafft, um ein paar Sachen zu packen, bevor die MP - die Militärpolizei - aufgetaucht ist. Ich wusste nicht, wie viele andere Mitglieder meines

Teams mit Shaw unter einer Decke steckten, deshalb bin ich untergetaucht. Ich hatte ein paar Tage zuvor die Geschichte über Rhys gelesen und wusste, dass er der Einzige ist, dem ich vertrauen kann."

„Und dann hast du herausgefunden, dass er wieder ein Cop ist."

„Er hätte keine Wahl gehabt, als mich zu verhaften", sagte Luke leise.

Gray schaffte es, dass seine Berührungen ruhig blieben, obwohl er innerlich vor Wut und Hilflosigkeit raste. „Wieso hat er das getan?"

Luke schien zu wissen, was Gray meinte, denn er sagte: „Der Terrorist, den wir suchten, stand ganz oben auf der Liste der meistgesuchten Terroristen des FBI - er war ihr Hauptverdächtiger bei dem Anschlag an Neujahr in New York."

„Daran erinnere ich mich - drei Menschen sind gestorben", murmelte Gray.

„Shaw hat darüber gesprochen, dass es seine Karriere in Schwung brächte, wenn er ihn verhaften würde. Er hatte vor, für ein politisches Amt zu kandidieren, wenn sein Dienst Ende diesen Jahres endet - ich glaube, für den Senat. Es stellte sich heraus, dass die Frau und die Kinder, die er getötet hat, nicht einmal verwandt waren mit dem Mann, den wir suchten."

„Du warst der einzige Zeuge ...", meinte Gray.

„So weit ich weiß. Ich weiß nicht, wie viele andere Mitglieder meiner Einheit wussten, was Shaw vorhatte. Barnes war jung und leicht zu beeindrucken, deshalb hoffe ich immer noch, dass er der Einzige war, aber ich weiß es einfach nicht", sagte Luke müde.

Gray hielt Luke noch einen Moment, dann drehte er ihn sanft auf den Rücken und legte sich auf ihn. „Es tut mir leid, Luke. Ich weiß, wie viel sie dir bedeutet haben."

„Sie waren alles, was ich hatte."

„Nicht alles", flüsterte Gray. Er beugte sich vor und küsste Luke, dann zog er sich so weit zurück, damit er Luke in die Augen sehen konnte. „Ich habe ernst gemeint, was ich letzte Nacht gesagt habe."

Luke verspannte sich unter ihm.

„Ich erwarte nicht, dass du die Worte erwiderst, aber du sollst wissen, dass es mir nicht einfach so in der Hitze des Augenblicks herausgerutscht ist."

Lukes Hand legte sich an seine Wange. „Du hast in den letzten Wochen so viel durchgemacht, Gray. Es ist nur natürlich, dass du dich an mich bindest ..."

Gray versuchte, den schmerzhaften Stich von Lukes Worten zu ignorieren. „Seit dem Tag, als der Doktor mir gesagt hat, dass mein Leben vorbei ist, habe ich nichts mehr mit Sicherheit gewusst. Aber dabei bin ich mir sicher", sagte er entschlossen und küsste Luke sanft auf die Lippen.

„Ich liebe, was du für mich getan hast, aber das ist nicht der Grund, warum ich dich liebe." Er küsste Luke erneut, aber dieses Mal viel intensiver, und er konnte spüren, wie Lukes Körper reagierte. Gray strich mit den Lippen über Lukes Gesicht und seinen Hals, dann hielt er über seinem Herzen inne. „Meine Karriere basiert darauf, immer die richtigen Worte zu finden, doch im Moment habe ich solche Angst, dass nichts, was ich sage, ausreicht, damit du mir glaubst", flüsterte er.

Lukes Hand legte sich in seinen Nacken und zog ihn herunter, bis ihre Lippen sich fast berührten. „Ich glaube dir, Gray. Niemand hat diese Worte je zu mir gesagt", gab Luke zu und sein Griff wurde fester. „Niemand", wiederholte er fest.

Gray wollte ihm so sehr sagen, dass er den Rest seines Lebens damit verbringen würde, ihm zu versichern, dass er ihn liebt, doch die Vorstellung, dass Luke einer gemeinsamen Zukunft eine Absage erteilte, war zu schmerzhaft, deshalb legte Gray seinen Mund stattdessen auf Lukes und hoffte, dass Luke alles fühlen und schmecken konnte, was er nicht in Worte zu fassen vermochte.

Luke sank tiefer in die Kissen, während Gray seinen Kiefer mit sanften Küssen bedeckte. Er hatte immer noch mit Grays Geständnis zu kämpfen. Auch wenn er sich in der letzten Nacht nicht gestattet hatte zu glauben, was Gray gesagt hatte, nun glaubte er ihm. Es stand Gray mitten ins Gesicht geschrieben und war in jeder Berührung, jedem Streicheln zu spüren. Emotionen schnürten Luke die Kehle zu, während Gray ihn liebkoste, doch als Gray ihn tief in den Mund nahm, konnte er nicht mehr denken. Die sinnliche Folter hielt an, als Gray ihn wieder und wieder an den Rand des Orgasmus brachte. Lukes gesamter Körper fühlte sich heiß, kratzig und zu empfindlich an, deshalb konnte er ein Flüstern nicht unterdrücken. „Gray, bitte."

Doch statt ihn über den Rand zu stoßen, ließ Gray ihn los, rutschte nach oben und suchte Lukes Lippen. Ein Blitz durchfuhr Luke, als er spürte, wie Grays Erektion an seiner eigenen rieb.

„Liebe mich, Luke", sagte Gray.

Luke konnte nur nicken und er drehte Gray vorsichtig auf den Rücken. Gray tastete nach dem Nachttisch, doch Luke hielt ihn auf, damit Gray ihm zuhörte. „Das tue ich, weißt du?", sagte er leise. „Ich liebe dich", fügte er auf Grays fragenden Blick hin hinzu.

Freude erleuchtete Grays Gesichtszüge und Luke küsste ihn sanft. Gray langte nach Kondom und Gleitgel auf dem Nachttisch und Luke zuckte zusammen. „Ich habe noch nie ... Ich will dir nicht wehtun", gab er zu.

„Das wirst du nicht", versicherte Gray ihm. „Aber mach langsam, okay? Es ist schon eine Weile her."

Luke nickte, dann nahm er das Kondom und legte es auf das Bett. Seine Finger zitterten, als Gray etwas Gleitgel darauf gab. Er sah zu, wie Gray die Beine anzog und sie spreizte. Beim Anblick von Grays Öffnung klatschte sein Schwanz hart gegen seinen Bauch. So sehr er sich auch Zeit nehmen wollte, um Gray zu erkunden, wusste Luke doch, dass er seine Grenze bereits fast erreicht hatte, und so gab er etwas Gleitgel auf das zitternde Loch, dann schob er langsam einen Finger in seinen Geliebten. Leidenschaftliches Wimmern erklang von Grays Lippen, als sein Körper Lukes Finger förmlich einsaugte. Er massierte Grays innere Wände einen Moment lang, dann zog er den Finger heraus und drang vorsichtig mit zweien wieder ein.

Während er darauf wartete, dass Grays Körper sich an ihn gewöhnte, suchte er Grays Blick, und als er das Strahlen im Ausdruck des anderen Mannes entdeckte, änderte er seine Position, um ihn küssen zu können.

„Nächstes Mal werde ich von deinem hübschen kleinen Loch kosten", flüsterte Luke an Grays Lippen, woraufhin Gray zusammenzuckte und sein Körper Lukes Finger fester packte. Luke begann, Gray mit den Fingern zu ficken, während er dessen Mund mit der Zunge fickte. Gray wand sich lüstern unter ihm und versuchte verzweifelt, Erlösung zu finden, doch als er spürte, dass Gray fast so weit war, zog Luke seine Finger zurück. Es dauerte einige Sekunden, bis er das Kondom übergestreift hatte und mehr Gleitgel aufgetragen hatte, doch beim Anblick von Grays geöffneten Lippen und seinem glasigen Blick musste Luke einen Fluch unterdrücken, während er sich in Position brachte. Als er seinen Schwanz an Grays Eingang brachte, schaute er zu Grays auf, um dessen Reaktion zu sehen. Und darüber war er froh, denn sobald seine Spitze in Grays Körper eindrang, bog Gray den Rücken durch und drückte den Kopf ins Kissen, während ein lustvolles Stöhnen ihm entfuhr.

Luke hatte zwar vorgehabt, es langsam angehen zu lassen, doch Gray war nicht so geduldig und er drückte sich ohne zu zögern an Lukes Schwanz. Hitze und Druck hießen Luke willkommen, als er vollkommen eindrang, und er stöhnte Grays Namen, dann übernahm sein Körper die Führung und drang mit langen, kraftvollen Stößen ein und zog sich wieder zurück. Er setzte sich auf die Fersen und zog Gray hoch, damit er zuschauen konnte, wie sein geschwollener Schwanz in Grays Körper verschwand. Der Anblick war so überwältigend, dass er Gray nur erstaunt ansehen konnte. „So verdammt schön", flüsterte er.

Gray stemmte sich auf die Ellenbogen, damit er auch etwas sehen konnte, doch das reichte Luke nicht, deshalb schlang er die Arme um Gray und hob ihn hoch, sodass er ihn ritt. In dieser Position nahm Gray Luke noch tiefer auf und er hörte, wie Gray zufrieden an seiner Schulter aufschrie, wo er sein Gesicht vergraben hatte. Bei jedem Stoß nach oben kam Gray seinem gierigen Schwanz mit seinem ganzen Gewicht entgegen und sobald Luke sich zurückzog, spannte Gray seine inneren Muskeln an, um ihn festzuhalten.

„Ich liebe dich so sehr, Luke", stöhnte Gray in sein Ohr, dann lagen seine Lippen auf Lukes. Ihre Zungen trafen sich ebenso verzweifelt wie ihre Körper, und Luke zwängte eine Hand zwischen sie und tastete nach Grays Schwanz. Er lag hart und heiß und schwer in seiner Hand, deshalb begann Luke, ihn rücksichtslos zu wichsen in der Hoffnung, dass sie möglichst gemeinsam kamen. Nur Sekunden später wurde sein Wunsch erfüllt, denn Gray schrie an seinem Mund auf und rammte seine Hüften hart auf Lukes Schwanz. Sein Kanal pulsierte um Luke herum, was Lukes eigenen Orgasmus auslöste. Weißglühende Leidenschaft schoss in Lukes Glieder, als die Spirale, die sich in ihm aufgezogen hatte, mit einem Mal löste und ihn über den Rand stieß. Grays Finger gruben sich in seinen Rücken, sein Körper zuckte unkontrolliert in Lukes Armen und sein Schwanz pulsierte in Lukes Hand.

Minuten vergingen, in denen sie immer wieder von Nachbeben geschüttelt wurden. Es erforderte Lukes gesamte Kraft, sie beide aufs Bett niederzulassen, sodass sein Körper den von Gray bedeckte. Er spürte, wie Gray die Beine so fest um ihn schlang, dass er noch tiefer in den Körper seines Geliebten drang. Sanfte Küsse wurden auf sein Schlüsselbein gedrückt, als Grays Klammergriff um seinen Hals sich löste, dann zog Gray ihn für einen Kuss herunter, der ihm auf die letzte Energie raubte.

Als Luke begann, von hinten in ihm zu stoßen, sandte Gray ein weiteres Dankgebet zum Himmel, dass er daran gedacht hatte, ein Kondom und Gleitgel zu schnappen, bevor sie in die Dusche gestiegen waren. Er war sich nicht sicher gewesen, ob Luke ihm Gesellschaft leisten würde, nachdem er Ripley rausgelassen und Kaffee aufgesetzt hatte, doch keine fünf Minuten später hatte Luke den Duschvorhang zur Seite gerissen, Gray an die geflieste Wand gedrängt und seine Arme festgepinnt, während er ihm mit einem sengenden Kuss den Atem geraubt hatte. Eigentlich war Gray sich sicher gewesen, dass er nach ihrer leidenschaftlichen Nummer eine halbe Stunde zuvor unmöglich einen weiteren Ständer bekommen würde, doch sobald Luke ihn umgedreht und einen Finger in ihn gesteckt hatte, war Grays Schwanz wieder halb hart geworden. Ein Strich über seine Prostata und Gray hatte seinen Schwanz in der verzweifelten Hoffnung, Erlösung zu finden, an den Fliesen gerieben.

Er war immer noch erstaunt, dass er steif geworden war, als Luke ihn am vorigen Abend zum ersten Mal in den Mund genommen hatte, doch er hatte festgestellt, dass sein Schwanz immer stärker reagiert hatte, nachdem seine Panik, was geschehen würde, wenn Luke seinen Schwanz ohne den üblichen schweren Sack darunter sehen würde, nachgelassen hatte. Sein Arzt hatte ihm gesagt, dass er nach der Operation dank Testosteron ein normales Sexleben würde haben können, doch dass seine Hemmungen wegen der Veränderungen seines Körpers ein größeres Hindernis darstellen könnten als seine körperlichen Grenzen. Er hatte vorgeschlagen, dass Gray mit einem Therapeuten oder anderen Patienten sprach, doch er war so sehr damit beschäftigt gewesen, was er verloren hatte, dass er nicht einmal darüber nachgedacht hatte. Und wenn Luke bei seinen Erkundungen von Grays Körper nicht so geduldig, sondern fordernd gewesen wäre, wer weiß, wie lange es Gray noch entgangen wäre.

Und Luke schien keinerlei Probleme damit zu haben, dass er einen Mann gefickt hatte, denn er reizte Gray gnadenlos, indem er mit seinem Schwanz in Grays Spalte fuhr, während er Grays Hüften festhielt, damit dieser sich an der Wand nicht selbst einen runterholen konnte. Jedes Mal, wenn Lukes Schwanz über sein Loch strich, hatte Gray nach hinten gestoßen und Luke angebettelt, dass er ihn fickte, doch Luke hatte ihn ignoriert. Schließlich war Gray so verzweifelt gewesen, dass er mit der Hand nach seinem Schwanz gelangt hatte, um sich zum Höhepunkt zu bringen, doch Luke hatte seine Hände gepackt und über seinem Kopf an die Wand gepinnt. Das Gefühl, bewegungsunfähig und Luke vollkommen ausgeliefert zu sein, hatte Gray härter gemacht als je zuvor, und als Luke ihm endlich den Schwanz reingesteckt hatte, war Gray beim ersten Stoß gekommen. Er hatte erwartet, dass Luke sich nun nehmen würde, was er wollte, doch er hatte in Grays Körper einfach stillgehalten und ihm ins Ohr geflüstert, was er alles mit ihm anstellen wollte. Zu Grays großer Überraschung hatte sein Schwanz wieder reagiert, doch Luke hatte erst begonnen, weiter in ihn zu pumpen, als er wieder vollkommen steif war.

„So eng", flüsterte Luke in sein Ohr. Er hielt Grays Hände immer noch fest, doch als Luke zu ihm sagte: „Lass sie da", und ihn losließ, wagte Gray nicht, sie zu bewegen. Stattdessen legte er die Handflächen flach an die Wand und stützte sich ab, als Lukes Stöße ihn vorwärts zwangen. Lukes Hände fuhren über seinen gesamten Körper, bis sie an seinen Nippeln landeten. Raue Finger gruben sich in seine Haut, während Luke rücksichtslos in ihn rammte. Heisere Schreie entkamen Grays Kehle und er presste seine Wange an die Wand. Sein Drang zu kommen war so stark, dass er beinahe schmerzhaft war, und er merkte nicht einmal, dass er bettelte, bis Luke flüsterte: „Noch nicht, Baby. Nur noch ein bisschen."

In diesem Moment verlor Grays jegliches Bewusstsein für seine Umgebung. Er spürte das Wasser nicht mehr und nicht einmal die glatten Fliesen, die ein starker Kontrast zu Luke nahezu brutalen Stößen waren. Das Einzige, was er fühlte, was das Brennen in seinem Arsch und den unnachgiebigen Druck in seinem Schwanz. Und jedes Mal, wenn Luke in ihn hämmerte, wurde das Verlagen größer und größer.

„Eines Tages wird nichts mehr zwischen uns sein", knurrte Luke plötzlich.

„Tu es", befahl Gray, seine Stimme ein kaum hörbares Flüstern. Doch Luke musste ihn gehört haben, denn er bewegte sich ein wenig langsamer. „Ich bin negativ, das schwöre ich dir", brachte Gray hervor.

Luke brach vollkommen ab und Gray schrie fast auf, denn er fühlte den Verlust, auch wenn Luke immer noch in ihm war. Plötzlich zog Luke heraus, doch bevor Gray es wirklich wahrnahm, rammte Luke wieder in ihn und Gray schrie beinahe auf, als er Lukes blanke Haut spürte, die sein Inneres verbrannte. Falls Luke sich bisher noch unter Kontrolle gehabt hatte, war davon nichts mehr übrig, als er Gray vorwärts drängte, bis dieser platt an der Wand lag, und ihn gnadenlos fickte. Es dauerte nur Sekunden, bis Grays Körper wieder voll bei der Sache war, und ohne Vorwarnung wurde er in den Abgrund aus Leidenschaft gestoßen, während eine Welle der Ekstase nach den anderen ihn durchflutete. Feuer brannte in ihm, als Luke in ihm kam, und er fühlte, wie die Finger des anderen Mannes sich in seine Schultern gruben und ihn festhielten, während er in ihn stieß.

Lukes Orgasmus schien kein Ende zu nehmen und er zuckte immer wieder in Gray. Gray genoss das Gefühl, als Lukes Sperma ihn erwärmte. Als Lukes Bewegungen endlich langsamer wurden und schließlich aufhörten, drehte er den Kopf und schaute über seine Schulter. Er bekam einen Kuss, bei dem ihm die Knie weich wurden. Lukes grollendes Lachen fühlte sich gut an und als Luke aus seinem Körper glitt, versuchte er, sich umzudrehen. Doch Lukes Handfläche auf seinem Rücken hielt ihn auf. Wäre er nicht vollkommen erschöpft gewesen, hätte das Gefühl von Lukes Saft, der aus ihm herauslief, Gray wieder hart gemacht. Und so wartete Gray, bis Luke zufrieden war, dann drehte er sich herum. Luke küsste ihn ausgiebig, dann langte er nach dem Duschgel und half Gray, seine Dusche zu beenden.

„Hör auf damit", hörte Luke Gray brummen.

„Womit?", fragte Luke und tat unschuldig.

„Du sagtest, du willst eines von meinen Büchern lesen, also lies", knurrte Gray. Doch als er sah, wie Gray auf seinem Stuhl hin und her rutschte, musste Luke lächeln, denn der Mann dachte zweifellos an dasselbe wie Luke.

Luke konzentrierte sich wieder auf das Buch in seinen Händen, doch wie zuvor schaffte er es nur, wenige Sätze zu lesen, bis er wieder aufschaute und Gray beobachtete. Genau dieses Szenario hatte Luke bereits vor einer Stunde abgelenkt, als er ins Wohnzimmer gekommen war und Gray an seinem Computer entdeckt hatte. Eigentlich hatte er Gray nur schnell einen Kuss geben wollen, bevor er ihn wieder seinem Manuskript überließ, doch ein Kuss hatte zu weiteren geführt, bis Gray schließlich seinen Laptop zur Seite geschoben hatte, während Luke ihm die Klamotten heruntergerissen hatte. Zuerst hatte Gray sich über den Schreibtisch gebeugt, doch Luke wollte ihn ansehen, während er kam, deshalb hatte er ihn auf den Rücken gedreht und seinen Hintern bis an die Schreibtischkante gezogen und wieder in ihn gerammt. Gray war zuerst gekommen, genau wie Luke es gewollt hatte. Lukes Orgasmus war schnell gefolgt, dann hatte er Gray in die Dusche geschafft, um sich zu reinigen. Anschließend wollte Luke eigentlich nach draußen gehen, um Gray die Gelegenheit zu geben, etwas Arbeit zu erledigen, doch ein Wolkenbruch hatte ihm einen Strich durch die Rechnung gemacht und er hatte Gray gefragt, ob er stattdessen eines seiner Bücher lesen durfte.

„Weißt du, ich nehme es langsam persönlich, dass du dich nicht auf mein Buch konzentrieren kannst.“

Luke lachte. „Ich kann dir versichern, dass ich kein Buch und keinen Film dieser Welt deinem Arsch vorziehen würde.“

Gray lächelte und schüttelte den Kopf. „Du Süßholzraspler.“

Luke lachte erneut, dann stand er auf. „Ich bin im Schlafzimmer, wenn du mich brauchst“, sagte er und ging zum Schreibtisch, um Gray einen Kuss zu geben. Doch Grays Blick war auf den Bildschirm gerichtet, und als Luke ebenfalls dort hinschaute, wusste er auch wieso. Das Bild von Gray und einem anderen Mann, die sich küssten, war zu sehen und die Schlagzeile über dem Bild lautete: *Bestseller-Autor Gray Hawthorne der sexuellen Belästigung beschuldigt.*

„Was zum Teufel?", fuhr Luke auf und packte den Laptop, damit er mehr erkennen konnte. Wut brannte in ihm, als er Gray in den Armen eines anderen Mannes sah. „Was ist das?", fragte er Gray, der erbleicht war.

Da Gray nicht antwortete, drückte Luke den Play-Button in der Mitte des Bildes und ein Video startete, in dem eine Reporterin sprach.

„*Die Unterhaltungsbranche wurde heute von den Anschuldigungen des Schauspielers Christian Cavelli erschüttert. Nach wochenlanger Funkstille, nachdem Bilder von Cavelli und Bestseller-Autor Gray Hawthorne in inniger Umarmung aufgetaucht waren, gab Cavelli zu, dass Hawthorne versucht hatte, den jungen Herzensbrecher zu sexuellen Handlungen zu zwingen im Austausch für die Hauptrolle in der Filmtrilogie, die auf Hawthornes Nick Archer-Serie basiert. In Anwesenheit seiner Verlobten Deanna Tate berichtete Cavelli unter Tränen, dass er gezwungen worden war, zwischen einer Rolle, die ihn zum Superstar gemacht hätte, und seinen Überzeugungen zu wählen.*"

Das Bild zeigte nun einen gutaussehenden, jungen Mann, der die Hand einer hochschwangeren Frau hielt. „*Ich hoffe, dass ich damit anderen helfen kann, die dasselbe durchgemacht haben. Niemand, der sich in einer Machtposition befindet, hat das Recht, einen anderen zu zwingen -*"

Angewidert schlug Luke den Laptop zu.

„Luke, ich schwöre, ich habe nicht -"

„Gray, wage es ja nicht anzudeuten, dass ich die gequirlte Kacke glaube, die aus dem Mund dieses Kerls kommt!"

Gray schien von Lukes Worten erschüttert zu sein. „Ist das der Skandal, von dem Dane gesprochen hat?"

„Ja und nein. Zu dem Zeitpunkt waren es nur die Fotos. Christians Team hat sie genauso wenig kommentiert wie ich, deshalb hat die Presse daraus geschlossen, dass wir eine Affäre haben. Doch so war es nicht", fügte Gray hastig hinzu. „Er hat vor ein paar Monaten für die Hauptrolle vorgesprochen. Dem Studio hat er gefallen, doch in meinem Vertrag steht, dass ich meine Zustimmung geben muss, wenn sie jemanden für die Hauptrolle auswählen. Ich wusste, dass Christian nicht der Richtige dafür ist - er ist zu jung und mir hat einfach nicht gefallen, wie er die Figur interpretiert hat. Ein paar Tage später ist er bei mir zu Hause aufgetaucht und hat mich angefleht, es mir noch einmal zu überlegen, doch das wollte ich nicht. Ich habe ihn zur Tür begleitet, da hat er mich geküsst. Ich habe dem sofort ein Ende gemacht und ihm gesagt, dass er gehen soll, doch ihm sind anscheinend Paparazzi gefolgt, denn man nächsten Tag waren die Bilder in allen Zeitungen."

„Er hat sie benutzt, um dich zu erpressen, nicht wahr?", sagte Luke.

Gray nickte. „Er hat zu mir gesagt, er würde allen erzählen, dass ich ihm die Rolle im Austausch für Sex angeboten habe, falls ich seiner Besetzung nicht zustimme. Ich habe ihm gesagt, dass er mich mal kann. Vor ein paar Wochen hat er dem Studio mit einer Klage gedroht, doch sie haben nur die Möglichkeit, das gesamte Projekt abzublasen - das würde sie Millionen Dollar kosten, denn die Vorproduktion hat bereits begonnen und sie müssten mich trotzdem bezahlen."

„Du musst eine Erklärung abgeben - deine Seite der Geschichte erzählen", forderte Luke.

Gray stand auf und drängte sich an ihm vorbei. „Das ist sinnlos - die Leute werden sowieso glauben, was sie glauben wollen."

„Was soll das bedeuten?"

Gray schoss herum. „Verstehst du denn nicht, Luke? Ich bin der Böse und er" -Gray deutete auf den Laptop - „ist ihr Liebling, der nichts falsch machen kann. Ich habe das Spiel mitgespielt und verloren. Und weißt du, was das Kranke dabei ist?", brachte Gray hervor. „Ich werde deswegen trotzdem einen Haufen Bücher verkaufen. Das Studio wird all das Geld, dass es investiert hat, wieder hereinbekommen, und noch viel mehr und Cavelli - er wird wahrscheinlich eine noch viel bessere Rolle angeboten bekommen."

Luke schüttelte den Kopf. „Du hast also kein Problem damit, dass die Leute diese Lüge glauben?"

„Sie werden sie glauben, weil sie sie glauben wollen. Ich bin ganz oben und das bedeutet, dass ich einen Dämpfer bekommen muss. Die Sache ist raus, und nichts, was ich sage, wird das ändern. Und weißt du was? Zum ersten Mal seit sehr langer Zeit ist mir das scheißegal. Ich bin sogar fast froh, denn jetzt muss ich nichts mehr vorspielen. Alles, was ich je wollte, war schreiben - der Rest ist einfach so passiert und ja, ich habe mich treiben lassen. Aber hier und jetzt, mit dir - dies ist der Moment, um den ich Gott gebeten habe, während wir darauf gewartet haben, dass Dr. Klein uns sagt, ob ich in Remission bin oder nicht - nicht meine Karriere, nicht irgendein Filmvertrag oder dass Cavelli den Mund hält!"

Lukes Emotionen kochten hoch. Er schleuderte das Buch auf die Couch, ging zu Gray und rieb seine Arme. „Ich liebe dich, Gray. Aber ich will nicht, dass du deine gesamte Karriere für etwas riskierst, dass ..."

„Keine Zukunft hat", beendete Gray den Satz für ihn.

„Diese Sache kann nur auf zweierlei Arten enden. Ich beweise, dass Shaw hinter allem steckt, oder Shaw findet mich."

Gray riss sich von ihm los. „Das akzeptiere ich nicht! Nein!", brüllte er, dann drehte er sich um und marschierte ins Schlafzimmer. Luke wusste, dass er ihm folgen sollte, doch da er nicht wusste, was er sagen sollte, damit Gray erkannte, dass sie keine Chance hatten, schnappte er die Autoschlüssel vom Küchentisch und verließ das Haus.

Kapitel Neun

Gray hörte, wie der Dieselmotor verstummte und die Vordertür sich öffnete, doch er war nicht überrascht, als die Schritte an seinem Schlafzimmer vorbeiführten. Es war fast zwei Wochen her, seit der Nacht, in der sie sich zum ersten Mal geliebt hatten, nachdem sie erfahren hatten, dass Gray vorläufig geheilt war. Und in dieser Zeit hatte Luke nicht ein einziges Mal in seinem eigenen Zimmer geschlafen. Es war ein Zeichen, dass Luke begann, sich von ihm zurückzuziehen - dass er sich auf eine Zukunft vorbereitete, die Gray unmöglich verhindern konnte.

Gray drehte sich auf die Seite und versuchte, die Tränen zu unterdrücken. Das Leben war wirklich grausam. Er hatte eine brutale Krankheit und deren Behandlung überstanden, aber sein Leben würde er dennoch verlieren, denn er wusste nicht, wie er ohne Luke weiterleben sollte. Er konnte unmöglich wieder zu der Hülle eines Mannes werden, wie er es gewesen war, bevor Luke in sein Leben getreten war und es für immer verändert hatte. Er war umgeben von Menschen, besaß mehr Geld, als er jemals würde ausgeben können, und hatte zahllose Männer gehabt, um seine Lust zu befriedigen, doch er war nie etwas anderes gewesen als der kleine Junge, der sich in seinem Zimmer eingeschlossen hatte, um den wütenden und grausamen Tiraden seiner Eltern zu entgehen. Damals hatten seine Bücher ihm geholfen zu entfliehen und später hatte das Schreiben ihm eine Stimme gegeben, die er als Kind nicht gehabt hatte, doch es war Luke gewesen, der ihn zu demjenigen machte, der er sein sollte. Der Krebs konnte ihm die Gesundheit nehmen und Hollywood konnte ihm den Ruhm entziehen, mit dem es ihn überschüttet hatte, doch Luke ... ohne Luke wäre er nichts.

Gray zuckte zusammen, als er hörte, wie die Tür sich öffnete, doch er schaute nicht auf. Er hatte Luke den Rücken zugewandt, als die Matratze unter dessen Gewicht nachgab, und er unterdrückte einen erleichterten Aufschrei, als Luke sich an seinen Rücken schmiegte und den Arm um seine Taille schlang. Gray nahm Lukes Hand, legte sie auf sein Herz und verschränkte ihre Finger.

„Es tut mir leid", flüsterte Luke an seinem Hals, dann strichen weiche Lippen über seine Haut.

„Du kannst nicht solche Sachen sagen und von mir erwarten, dass ich sie einfach so akzeptiere", flüsterte Gray.

„Bei all dem Mist, der zu deiner Karriere -"

Gray drehte sich schnell um. „Ich rede von dem, was du über Shaw gesagt hast. Du kannst nicht von mir erwarten, dass ich akzeptiere, dass die Sache mit deinem Tod endet", sagte er harsch.

Er rechnete damit, dass Luke einen Streit vom Zaun brach oder versuchte, mit ihm zu diskutieren, doch Luke blieb still. Seine Finger strichen über Grays Wangen. Als er die Feuchtigkeit auf Lukes Daumen entdeckte, merkte Gray, dass er es nicht geschafft hatte, die Tränen zu unterdrücken.

„Wenn man sich beim Militär verpflichtet, muss man ein Formular ausfüllen - damit sie wissen, wen sie benachrichtigen sollen, wenn einem etwas passiert. Ich habe zuerst den Namen von Rhys eingetragen, doch sie wollten, dass ich jemanden eintrage, der nicht im aktiven Dienst ist."

„Du hattest niemanden?", riet Gray.

Luke schüttelte den Kopf. „Ich habe mir einen Namen ausgedacht, denn es war mir zu peinlich zuzugeben, dass es sonst niemanden gab, den es interessierte, ob ich nach Haus komme oder nicht.“

„Welchen Namen hast du eingetragen?“

„Elizabeth Saint.“

„Wieso gerade diesen?“

„Das war der Name des Krankenhauses, in dem meine Mom mich ausgesetzt hat. St. Elizabeth’s in Chicago.“

„Sie hat dich einfach ausgesetzt?“

„In einer Kiste unter einem Stuhl im Wartezimmer. Ich war nicht einmal eine Stunde alt.“

„Man hat sie nie gefunden?“, fragte Gray und rutschte näher zu Luke.

„Niemand konnte sich erinnern, sie gesehen zu haben“, sagte Luke. „Ich weiß von ihr nur, dass ich ihr genug bedeutet habe, dass sie mich nicht in einer Mülltonne entsorgt hat, aber nicht genug, um eine Notiz zu hinterlassen, warum sie mich nicht wollte oder wie mein Name lautete.“

„Bist du dann in ein Heim gekommen?“

Luke schüttelte den Kopf. „Zuerst nicht. Das Jugendamt hat mich zu einer Pflegefamilie gebracht, doch das Paar hat mich zurück-gegeben, als es ein eigenes Kind erwartet hat. Danach bin ich immer wieder von einer Pflegefamilie in die andere gesteckt worden. Ich war ein kränkliches Kind, das war den meisten Leuten wohl zu viel. Als ich zwei Jahre alt war, wurde festgestellt, dass ich ein Loch im Herzen habe.“

„Bist du deshalb nie adoptiert worden?“, fragte Gray.

„Zum Teil. Aber ich war auch ziemlich still, und wenn potenti-elle Adoptiveltern gekommen sind, waren sie mehr auf die aktiven, freundlichen Kinder interessiert, als an denen, die allein in einer Ecke gesessen und gemalt haben und mit niemandem reden wollten. Ich habe einmal mitbekommen, wie eine eventuelle Mom gesagt hat, ich wäre ihr unheimlich.“

„Das tut mir so leid, Luke", flüsterte Gray und beugte sich vor, um Luke einen Kuss zu geben.

Luke zuckte mit den Schultern. „Ich kannte es nicht anders, deshalb war es nicht so schlimm."

Das bezweifelte Gray, doch er behielt es für sich.

„Wann hast du Rhys kennengelernt?"

„Ich war sechzehn und jemand beim Jugendamt war wohl der Meinung, dass ich lange genug im Heim war, deshalb kam ich mal wieder in eine Pflegefamilie. Rhys war bereits seit ein paar Monaten dort und hat mich aus irgendeinem Grund unter seine Fittiche genommen. Das war gut, denn ein paar der älteren Jungs hatten es sofort auf mich abgesehen. Der Pflegevater war auch ziemlich schlimm und Rhys hat oft Schläge eingesteckt, die für mich bestimmt waren."

Luke drängte sich näher an Gray und Gray schlang sofort die Arme um ihn. Er konnte Lukes warmen Atem an seiner Kehle spüren, als dieser sprach.

„Das Loch in meinem Herzen war verheilt, als ich zehn war und danach habe ich mich normal entwickelt. Als ich ein Teenager war, hatte ich einen Wachstumsschub - irgendwann war ich größer als alle anderen Jungen in meinem Alter und auch als ein paar der älteren, deshalb habe sie sich oft über mich lustig gemacht, besonders da ich nicht viel geredet habe. Mein Pflegevater hat begonnen, mich Frankenstein zu nennen und mich zu schlagen, wenn ich ihn nicht schnell genug bedient habe. Dann hat Rhys ihn immer provoziert, sodass er stattdessen auf ihn losgegangen ist", sagte Luke leise. „Ich hätte das nicht überlebt, wenn Rhys nicht gewesen wäre."

„Bist du ihm deshalb zur Army gefolgt?"

Luke nickte. „Es war komisch, denn alles, was mir in meiner Kindheit das Leben schwergemacht hatte, war im Bootcamp ein Vorteil für mich. Ich habe meinen Vorgesetzten nie widersprochen und habe immer das gemacht, was sie von uns verlangt haben. Meine Größe und meine Stärke waren auch ein Vorteil. Da ich kein Zuhause hatte, konzentrierte ich mich vollkommen auf meine Pflichten, und da es niemanden gab, der auf mich wartete, hatte ich keine Ängste wie einige der Anderen … Zum ersten Mal hatte ich das Gefühl, dass ich irgendwo hingehöre."

„Gibt es denn niemanden, der sich deine Seite der Geschichte anhören würde? Ein befehlshabender Offizier?"

„Ich kann unmöglich wissen, wer mit Shaw unter einer Decke steckt. Und da ich wegen des Mordes an Barnes vor einem Kriegsgericht landen würde, statt vor einem zivilen Gericht, sind die Chancen, dass ich einen fairen Prozess bekomme, sehr klein, und dass Shaw mich überhaupt so lange am Leben lassen würde, noch viel kleiner."

„Dann die Presse", sagte Gray verzweifelt. „Die können deine Seite –"

Gray wurde von einem Kuss unterbrochen, und als Luke ihn auf den Rücken stieß, verstand er die Botschaft. Anders als beim ersten Mal, als sie zusammen gewesen waren, reagierte Grays Körper sofort, als Luke sich auf ihn legte, und sein Schwanz schwoll an. Er küsste Luke hungrig, während er ihm das T-Shirt abstreifte, dann lehnte er sich nach oben und leckte über einen von Lukes Nippeln. Luke unterdrückte ein Stöhnen, doch er war zu verzweifelt, um langsamer zu machen. Er packte Grays Handgelenke und hob sie über seinen Kopf, damit er Gray das Shirt leichter ausziehen konnte. Doch zu Grays Überraschung stieß Luke ihn wieder aufs Bett und wickelte das T-Shirt um seine Handgelenke. Die Fesseln waren nicht so eng, als dass er sich nicht hätte befreien können, doch bei der Vorstellung, dass er gefesselt war, wurde Grays Schwanz fast schmerzhaft hart.

Luke setzte sich auf, um sein Werk zu betrachten, dann beugte er sich vor und legte den Mund auf Grays. Gray rieb sich hilflos an Luke, doch Luke ließ sich nicht drängen und Gray musste einen langsamen, schmerzhaft süßen Kuss nach dem anderen ertragen, der sein Verlangen nur noch steigerte.

„Luke, bitte", flüsterte er an Lukes Mund.

„Wenn du mich zum ersten Mal nimmst, will ich, dass du das mit mir machst" – Luke legte die Hände auf Grays gefesselte Handgelenke - „damit ich nichts anderes tun kann, als zu fühlen, was du mit mir machst."

Gray musste tief Luft holen, denn allein bei der Vorstellung, in Lukes enge Hitze einzudringen, bekamen sein Gehirn und sein Schwanz fast einen Kurzschluss. Darüber hatten sie noch nicht gesprochen und Gray war mehr als zufrieden damit, unten zu liegen, auch wenn er das in der Zeit vor Luke nicht oft getan hatte. Und wie Luke seinen Körper in Besitz nahm und in Ekstase versetzte. Gray würde es unmöglich aushalten, wenn es zu lange dauerte, bis Luke in ihm war.

Lukes Mund landete wieder auf seinem und küsste ihn hungrig, dann glitten seine Lippen an Grays Körper hinunter und setzten seine Haut in Brand, wo auch immer er sie mit erfahrenen Lippen und gierigen Fingern berührte. Als Luke begann, seine Nase durch Grays Hose hinweg an seinem Schwanz zu reiben, flehte Gray zusammenhanglos um Erlösung. Zwar konnte er seine Arme bewegen, doch Luke hielt jedes Mal inne, wenn er es tat, also hielt Gray die Arme still. Auch wenn er sich in ihrer ersten Nacht noch wegen seiner fehlenden Eier geschämt hatte, konnte davon nun keine Rede mehr sein, denn Luke hatte ihm damals bewiesen, dass Grays Körper ihm genauso, wie er war, Vergnügen bereitete. Und als Luke ihm die Unterhose auszog, drängte er seine Hüften in stiller Einladung nach oben. Doch zu seiner Überraschung ignorierte Luke seinen Schwanz. Er drehte ihn stattdessen um und riss ihn zurück, sodass er auf allen Vieren war. Kühle Luft strich über sein Loch, bevor Lukes feuchte, heiße Zunge darüber leckte. Gray schrie überrascht auf und als Luke an ihm leckte und saugte, musste Gray sich auf die Ellenbogen abstützen und er vergrub das Gesicht in den Kissen, um sein Stöhnen zu dämpfen. Als Luke mit seiner steifen Zunge in ihn eindrang, drohten seine Knie nachzugeben, doch Luke stützte ihn mit der Handfläche an seinem Bauch ab.

Gray hatte keine Ahnung, wie lange die sinnliche Folter andauerte, doch als Luke schließlich in ihn glitt, war er nur noch ein Häufchen Verlangen und jede Faser seines Selbst war auf seinen Arsch fokussiert, wo Lukes schwerer Schwanz über die sensiblen, glatten Wände seines Rektums strich. Lukes freie Hand wichste seinen Schwanz, der jedes Mal zuckte, wenn Luke seine Prostata traf. Schweiß triefte von Grays Gesicht, als Luke an Geschwindigkeit aufnahm und schließlich gab er es auf, leiser sein zu wollen, und zwischen Stöhnen und Grunzen bettelte er Luke an, ihn kommen zu lassen. Doch als es schließlich passierte, war Gray nicht darauf vorbereitet.

Nicht einmal in der ersten Nacht, in der sie zusammen gewesen waren, hatte Gray damit gerechnet, dass zukünftige Orgasmen, wenn es solche denn geben sollte, mit denen aus seiner Vergangenheit mithalten konnten, doch was Luke ihm in dieser Nacht entlockte, hatte ihn überrascht. Und heute Abend war es nicht anders. Wellen aus sengender Lust brandeten wieder und wieder über ihn, während Lukes schwerer Körper auf seinem Rücken landete. Der Druck in seinem Schwanz explodierte und weißglühende Lust zuckte durch seine Nerven, bis er nichts mehr fühlen konnte, außer der Wärme, die ihn von allen Seiten umgab. Er schwebte in einem Nebel aus Leidenschaft, in dem er am liebsten für immer bleiben wollte, besonders, da er Lukes harsche Atemzüge in seinem Nacken spüren konnte. Und als Luke ihm „Ich liebe dich" ins Ohr flüsterte, wusste Gray, dass er aus diesem Traum niemals aufwachen wollte.

„Bist du sicher, dass du nicht mitkommen willst?", fragte Gray, während er sich an die Tür seines Trucks lehnte und genoss, wie Lukes Körper ihn an das kühle Metall presste, während Luke den Puls an seinem Hals küsste.

„Nein, ich will den letzten Schrank wirklich fertig machen", murmelte Luke.

Es war gut möglich, dass Gray schmollte, doch das spielte keine Rolle, denn Luke legte den Mund auf seinen und küsste ihn tief, bevor er Gray ein paar Schritte zurückzog und die Tür öffnete.

„Bis nachher", sagte Gray und stieg in den Truck. „Ruf mich an, wenn du etwas brauchst", fügt er hinzu und schielte auf das Telefon in Lukes Hosentasche. Er hatte das Wegwerf-Handy aus einem Impuls heraus gekauft, als er das letzte Mal im Nachbarort zum Einkaufen war.

„Mache ich", sagte Luke. „Warum nimmst du Ripley nicht mit?", schlug er vor, und bevor Gray etwas erwidern konnte, rief Luke die Hündin herbei und sie sprang auf den Rücksitz. Ihr großer Körper nahm fast die gesamte Rückbank ein. Ripleys körperlicher Zustand hatte sich um einiges verbessert, seit Luke sie gerettet hatte, und die einzigen Beweise für die Misshandlungen, die sie erlitten hatte, waren Narben, die man fühlen, aber nicht sehen konnte, denn sie wurden von ihrem üppigen Fell verborgen.

Gray winkte Luke kurz zu, dann bog er in die Straße ein, die den Berg hinab führte. Es würde nur etwa eine halbe Stunde dauern, in den Nachbarort zu gelangen, um einzukaufen, doch sobald Luke aus dem Rückspiegel verschwand, überkam Gray wieder dieses ungute Gefühl, wie schon öfter in den letzten paar Wochen. Es ergab keinen Sinn, denn zwischen Luke und ihm lief es besser denn je. Sie hatten kaum über Cavellis Statements gesprochen, doch Grays Handy war vor Anrufen seiner sogenannten Freunde förmlich explodiert, die wahrscheinlich nur die „wahre" Geschichte hören wollten, um sie an die Klatschblätter zu verkaufen und damit weiter ein Feuer zu nähren, dass Gray ignorieren wollte. Sid war fast durchgedreht, als Gray ihm in aller Ruhe eröffnet hatte, dass er keine Erklärung abgeben würde. Schließlich hatte Gray einfach aufgelegt, weil er genug hatte.

Zwischen Luke und ihm hatte es nur ein paar Spannungen gegeben, als er vor ein paar Tagen vorgeschlagen hatte, dass sie das Land verlassen. Er hatte sich bereits überlegt, wie er einen Privatjet chartern und durch die Kontrollen eines Landes kommen konnte, das mit den Vereinigten Staaten kein Auslieferungsabkommen hatte, als Luke die Idee rundheraus abgelehnt und verkündet hatte, er würde niemals zulassen, dass Gray mit ihm auf der Flucht lebte. Gray hatte nicht mehr darüber gesprochen, doch er hatte im Stillen weiter daran gearbeitet, die Löcher in seinem Plan zu stopfen. Er zweifelte nicht daran, dass mit genügend Geld Piloten, Bodenpersonal und alles andere, was sie für ihre Flucht brauchten, gekauft werden konnte.

Gray eilte durch den Laden. Er trug mit Freuden wieder eine Baseballkappe und Sonnenbrille, denn sein Haar hatte begonnen, nachzuwachsen. Er hatte sich so sehr darüber gefreut, dass er wieder Augenbrauen hatte, dass er zu Luke in die Dusche gestiegen war, um sie ihm ... naja, nicht *nur*, um sie ihm zu zeigen, doch das war auf jeden Fall einer der Gründe gewesen. Sein Gewicht normalisierte sich allmählich wieder und er fühlte sich so gut, wie seit Langem nicht mehr. Es war beängstigend, wie perfekt sein Leben geworden war - wenn er nur Luke davor bewahren konnte, entdeckt zu werden, dann konnten sie sich vielleicht, nur vielleicht, ein gemeinsames Leben aufbauen. Sein Bauchgefühl sagte ihm, dass Luke ihre Beziehung ebenso wichtig war wie ihm, und da es sein Bauchgefühl gewesen war, das Luke überhaupt erst in sein Leben gebracht hatte, wollte er es nicht ignorieren, auch wenn eine Stimme in seinem Hinterkopf etwas anderes sagte.

Als er zum Haus zurückkam, rechnete er damit, dass Luke auf den Stufen der Veranda auf ihn wartete, wie er es schon öfter getan hatte, oder dass er um das Haus herumkam. Doch als er weder das eine noch das andere tat, begann Gray, sich Sorgen zu machen. Er ließ Ripley aus dem Auto und ging ins Haus, wo er Lukes Namen rief. Er blieb wie angewurzelt stehen, als er das Wegwerf-Handy auf dem Küchentisch entdeckte.

Er hat es aus Versehen hiergelassen, das ist alles.

Grays erster Gedanken war es, wieder nach draußen zu gehen und im Schuppen nachzusehen, doch als er das Telefon anschaute, er ging stattdessen ins Schlafzimmer. Luke hatte seine wenigen Besitztümer schon vor einer Weile in Grays Zimmer gebracht, doch ein Blick in den Schrank zeigte ihm, dass die Tasche verschwunden war. Schmerz durchfuhr Gray und er musste nicht in die Schubladen schauen, um zu wissen, dass sie leer waren. Er verschwendete auch keine Zeit damit, im Gästezimmer nachzusehen - er eilte wieder nach draußen und schnappte im Vorbeigehen seine Schlüssel.

Ein Schauer durchfuhr Luke, als er die Tür zur Polizeistation öffnete und eintrat. Der Anblick des Polizeiwagens, der vor dem Gebäude geparkt war, hatte gereicht, dass er fast seine Meinung geändert hatte, doch dann hatte er sich an die Verzweiflung in Grays Stimme erinnert, als dieser seinen verrückten Fluchtplan erläutert hatte, und marschierte entschlossen zur Tür.

Sofort entdeckte er Jax an einem der beiden Schreibtische in der Mitte des Raumes. Direkt an der Tür war ein Tresen, doch da er leer war, ging Luke daran vorbei.

„Guten Tag", sagte Jax vorsichtig, als er sah, wie Luke die Arme vom Körper weghielt, die Handflächen nach oben zeigend, den Gurt seiner Tasche an einer Hand.

„Ich bin hier, um mich zu stellen", sagte er ruhig und stellte die Tasche vorsichtig auf den Boden. Er war nicht überrascht, dass der Deputy sich aufrichtete, als er das hörte. Er stand auf und kam um den Schreibtisch herum. „Ich bin nicht bewaffnet, aber in meiner Tasche ist eine ungeladene Pistole und Munition. Du wirst einen Haftbefehl aus Fort Benning in Georgia für mich finden. Luke Monroe. M.O.N. -"

„Luke?"

Luke drehte sich um, als er die vertraute Stimme hörte. Der Anblick seines erstaunten Pflegebruders wäre lustig gewesen, wenn Luke im Moment nicht mit anderen Dingen beschäftigt wäre. Zum Beispiel der Hölle, die ihm bevorstand. Und wie verraten Gray sich fuhlen wurde, wenn er herausfand, was Luke getan hatte.

„Ich bin's, Rhys", sagte Luke müde.

Rhys' grüne Augen weiteten sich und ein breites Lächeln erschien auf seinem Gesicht, dann kam er auf ihn zu und umarmte

Luke. Anscheinend hatte er nicht mitbekommen, wie angespannt Jax war, oder gehört, warum Luke hier war.

„Was zum Teufel machst du hier?", fragte Rhys, dabei hielt er Luke weiterhin fest und Sehnsucht durchfuhr Luke. Dieser Mann hatte eine solch wichtige Rolle in seinem Leben gespielt und Luke war so dumm gewesen, ihn gehenzulassen. Und nun würde er zusehen müssen, wie ein Licht in Rhys' Augen erlosch, wenn dieser erkannte, dass er den Jungen, für den er so viel geopfert hatte, würde verhaften müssen.

Rhys trat einen Schritt zurück und betrachtete Luke von oben bis unten. „Du siehst wirklich gut aus", verkündete er, dann umarmte er Luke erneut.

Es lag Luke auf der Zunge, dasselbe zu Rhys zu sagen, denn der Mann sah glücklicher aus, als Luke je für möglich gehalten hätte - na ja, zumindest bevor er Gray kennengelernt und erfahren hatte, was es war, das einen solchen Ausdruck ins Gesicht eines Mannes zaubern konnte. Sein Gedankengang wurde unterbrochen, als hinter ihm eine Tür aufgerissen wurde. Er wusste, wer es war, ohne sich umdrehen zu müssen. Als er sich dennoch zwang, sich umzudrehen, sank sein Herz, als er den schockierten Ausdruck in Grays Gesicht sah. Es war offensichtlich, dass Gray nicht damit gerechnet hatte, ihn hier vorzufinden, als er gemerkt hatte, dass Luke weg war.

„Nein", flüsterte Gray, während er von Luke zu Jax blickte. Er schüttelte heftig den Kopf. „Nein!" Dann wandte er sich an Jax. „Jax, bitte tu das nicht. Ich flehe dich an!"

Luke löste sich aus Rhys' Umarmung, als er den Schmerz in Grays Stimme hörte, und ging zu ihm. Er packte Grays Arm und sagte: „Gray, Jax hat mich nicht verhaftet. Ich bin hergekommen, um mich zu stellen."

Diese Aussage traf Gray unerwartet, und auch wenn Luke das nicht für möglich gehalten hätte, verstärkte sich der Schmerz in seinem Blick. „Wieso?"

„Du weißt, wieso", sagte Luke.

Gray schüttelte erneut den Kopf, dann warf er die Arme um

Luke. „Sag nichts, okay? Mein Anwalt kann in ein paar Stunden hier sein. Ich besorge dir die beste Verteidigung, die man für Geld bekommen kann", stammelte er.

Kälte überkam Luke, als er erkannte, dass Gray es vollkommen ernst meinte. Der Mann würde Himmel und Hölle in Bewegung setzen, um ihn zu retten. Er würde jeden Tag seines Lebens und jeden Heller auf seinem Bankkonto aufwenden, um Luke aus dem Gefängnis zu holen, während er dabei zusah, wie der Mann, den er liebte, langsam dahinsichte … und das auch nur, wenn Shaw es nicht schaffte, ihn zuerst in die Finger zu bekommen. Verzweiflung übermannte Luke, als er von Gray zu Jax und dann zu Rhys schaute. Er sah, dass Jax wusste, was er vorhatte und es schien, als schüttelte er den Kopf. Luke ignorierte ihn und wandte sich wieder zu Gray.

„Gray, geh nach Hause", sagte er entschlossen, dann zwang er sich, seinen Geliebten loszulassen.

„Nein", schnappte Gray, dann holte er sein Handy aus seiner Tasche und begann zu wählen. Luke riss es ihm aus der Hand und warf es auf einen Tisch.

„Gray, hör mir zu", sagte Luke.

„Nein", schrie Gray praktisch und versuchte, an sein Handy zu gelangen.

„Verdammt, Gray, hast du es denn immer noch nicht kapiert? Ich will dich nicht!", brüllte Luke.

Die Worte hatten den gewünschten Effekt und Gray trat zurück, als hätte Luke ihn geschlagen. Doch sein Blick verhärtete sich und Luke wusste, dass es nicht so einfach werden würde, deshalb fuhr er die schweren Geschütze auf. „Denkst du wirklich, ich würde hier bei dir bleiben, selbst wenn dein Anwalt es auf wundersame Weise schafft, diese ganze Scheiße in Ordnung zu bringen? Nachdem ich dir mehrmals gesagt habe, dass das Militär mein Leben ist?"

Gray erbleichte, doch zum Glück sagte er nichts. Nicht dass es eine Rolle gespielt hätte, denn Luke fühlte sich, als öffnete sich in ihm eine tödliche Wunde. „Hast du wirklich gedacht, dass ich an deiner Seite über den roten Teppich laufen und in die Kameras lächeln würde wie ein dressierter Affe, während alle sich fragen, welchen Schauspieler oder welches Groupie du hinter meinem Rücken fickst?" Luke drehte das Messer in der Wunde ein letztes Mal um, indem er flüsterte: „Du hast jemanden gebraucht, der sich um dich kümmert, Gray, und ich habe einen Ort gebraucht, wo ich mich verstecken kann. Diese Sache zwischen uns war nur ... zweckdienlich."

An diesem Punkt musste Luke sich am Schreibtisch festhalten, damit seine Knie nicht nachgaben, doch Gray reagierte vollkommen anders. Das Licht in seinen hübschen, goldenen Augen erlosch und sie wurden leer, und in diesem Moment wusste Luke, dass sein Gray verschwunden war. Der Mann vor ihm langte einfach um ihn herum, um dein Handy zu schnappen, dann drehte er sich um und ging zur Tür hinaus. Einen Moment später hörte Luke, wie Grays Truck gestartet wurde, doch keine quietschenden Reifen folgten dem Klang - nein, seine Lüge hatte genau das geschafft, was er beabsichtigt hatte. Er wandte sich wieder an Jax und würgte hervor: „Luke Monroe. M.O.N.R.O.E. Die Anklage lautet Mord ersten Grades."

„Sag mir, was los ist", hörte Luke Rhys leise sagen, als eine Tasse Kaffee in seine Hand gedrückt wurde. Der fensterlose Raum, in dem sie sich befanden, fühlte sich zu klein an, doch das war wohl besser als eine Gefängniszelle, nahm er an. Er trug auch noch keine Handschellen, das hatte auch etwas für sich. Nicht dass das eine Rolle spielte, denn er war seit zehn Minuten wie erstarrt und wusste nicht einmal, wie er in den Raum mit dem kleinen Holztisch und den Stühlen gelangt war.

„Ich sollte mir wahrscheinlich erst einen Anwalt besorgen", flüsterte Luke. Etwas Besseres brachte er nicht zustande, denn sein Hals tat weh.

„Scheiß drauf", fauchte Rhys, dann sprang er auf und ging in dem kleinen Raum auf und ab. Das war so *typisch* für Rhys. Schon als sie Kinder gewesen waren, hatte Rhys seine Gefühle nicht verstecken oder stillhalten können, wenn er mit etwas konfrontiert wurde, das sich seiner Kontrolle entzog. Und er hatte praktisch nie akzeptieren können, dass er nicht immer den Retter spielen konnte.

„Du kannst dem Sheriff sagen, dass ich auf mein Recht auf eine Anhörung -“

Rhys schlug mit der Hand auf den Tisch. Andere Leute wären bei dieser plötzlichen Bewegung erschrocken, doch Luke wischte bloß mit seinem Ärmel den Kaffee weg, der aus der Tasse auf den Tisch geschwappt war.

„Eine Mordanklage? Was ist denn bloß passiert?“, wollte Rhys wissen.

Luke seufzte, dann erzählte er Rhys die ganze Geschichte. Rhys unterbrach ihn kein einziges Mal, aber sobald er fertig war, stellte er eine Frage nach der anderen, wie jeder gute Cop es tun würde. Da sein Herz sich immer noch anfühlte, als hätte man es mit einem Messer aufgespießt, unterbrach Luke ihn schließlich und sagte: „Mach den Anruf, Rhys. Du weißt doch, dass du keine andere Wahl hast.“

„Das kannst du vergessen“, schnappte Rhys, doch er setzte sich endlich wieder hin. „Warum bist du nicht zu mir gekommen, als du hier angekommen bist?“

„Weil ich wusste, dass du alles tun würdest, um mir zu helfen, selbst wenn das bedeutete, das hier aufzugeben“, sagte Luke und wedelte mit der Hand in Richtung von Rhys‘ Uniform.

„Also wolltest du verschwinden? Einfach so? Ohne wenigstens mit mir zu reden?“

„Das war der Plan“, gab Luke zu.

„Und dann hast du Gray getroffen?“

Selbst beim Klang von Grays Namen musste Luke sich fast vor Schmerz zusammenkrümmen, deshalb nickte er bloß.

„Ist ... ist zwischen euch etwas passiert?“, fragte Rhys mit sanfter Stimme.

Luke spürte, wie ihm Tränen in die Augen traten, und er blinzelte schnell, um sie am Fallen zu hindern. „Ich habe es schon am ersten Tag gespürt ... etwas, das ich noch nie für einen anderen Mann gefühlt habe."

„Du hast dich zu ihm hingezogen gefühlt?", riet Rhys.

Luke nickte. „Doch es war so viel mehr als das. Die körperliche Seite hat mich verwirrt, doch es waren die kleinen Dinge, verstehst du?", fragte er, doch ein Blick in Rhys' Gesicht sagte ihm, dass der Mann keine Ahnung hatte, wovon er sprach.

„Der Klang seines Lachens oder dass sein Lächeln an einem Mundwinkel ein wenig weiter nach oben reicht oder dass er Ripley heimlich Essen von seinem Teller gegeben hat, wenn er dachte, dass ich es nicht merke." Luke schüttelte frustriert den Kopf, denn während er sprach, merkte er, dass Worte nicht ausreichten, um zu beschreiben, was er für Gray empfand.

„Wenn ich bei ihm war, hat es sich immer so angefühlt, wie ich mir vorgestellt habe, dass es wäre, nach Hause zu kommen. Etwas, das wir nie hatten, als wir Kinder waren, verstehst du?"

Ein Lächeln breitete sich auf Rhys' Gesicht aus und damit sah er viel jünger aus als dreißig. „Das verstehe ich tatsächlich", meinte er wehmütig und Luke nahm an, dass er an seine Partner dachte. Gray hatte Luke nicht viel über die beiden Männer erzählen können, mit denen Rhys zusammen war, seit er nach Dare gekommen war, doch es war nicht zu übersehen, dass das, was zwischen ihnen vorging, genau das war, was Rhys brauchte.

„Was du da zu ihm gesagt hast ...", sagte Rhys und sein Blick verdüsterte sich.

Luke vergrub das Gesicht in den Händen. „Er wollte sein ganzes Leben aufgeben, um mit mir zu fliehen."

„Und deshalb hast du dich gestellt?"

„Was hätte ich ihm denn zu bieten, Rhys? Dass er den Rest seines Lebens über seine Schulter sehen muss? Dass er nie wieder Kontakt zu seiner Familie oder seinen Freunden haben kann? Dass er immer Angst haben muss, einen Fehler zu machen, weswegen er oder ich gefasst werden? Du hast ihn doch gesehen - er wollte mich nicht gehen lassen! Der Mann hat die letzten beiden Monate damit verbracht, um sein Leben zu kämpfen, und da soll ich ihn darum bitten, dass er auf mich wartet, falls ich eines Tages wieder aus dem Gefängnis komme? Oder dass er sein Vermögen für eine Verteidigung ausgibt, die nichts bringen würde? Oder dass er jedes Mal in Panik verfällt, wenn das Telefon klingelt, weil er weiß, dass dies der Anruf sein könnte, der ihm mitteilt, dass Shaw endlich zu Ende gebracht hat, was er angefangen hat?"

Rhys war lange Zeit still, dann sagte er: „Nach dem, was ich eben gesehen habe, steckt er schon so tief drin, wie es nur geht, ob du es willst oder nicht. Er ist keine Pflegefamilie, die dich fallen lässt, wenn es schwierig wird, Luke."

Bevor Luke etwas erwidern konnte, klopfte es an der Tür, dann trat Jax ein, das Telefon in der Hand. „Ich glaube, wir haben ein Problem", brummte er und hielt Rhys sein Telefon hin. „Dane hat mir gerade eine Nachricht geschickt. Er hat es vor ein paar Minuten im Internet entdeckt."

Rhys schaute auf das Display, dann fluchte er und reichte das Handy an Luke weiter. Angst überkam Luke, als er das Foto von sich und Gray sah, auf dem sie auf den Verandastufen von Grays Haus saßen. Er wusste sofort, dass das Bild vor zwei Tagen geschossen worden war, als Gray und er sich nach dem Abendessen mit einer Tasse Kaffee nach draußen gesetzt hatten, um den Sonnenuntergang zu beobachten. Auch wenn Lukes Name nicht erwähnt wurde, war er doch klar und deutlich zu erkennen.

„Großer Gott", murmelte er und tippte auf das Bild, um zu dem zugehörigen Artikel zu gelangen. Er überflog die Schlagzeile und fand, wonach er suchte. „Oh Gott, es ist seit gestern Morgen online", flüsterte er. „Ich muss Gray warnen." Er stand auf und suchte nach der Kontaktliste auf Jax' Telefon.

Jax nahm es ihm ab und begann zu suchen, doch da klingelte das Festnetz im Nebenraum. Er gab Rhys das Handy und ging hinaus. Rhys fand die Nummer und rief sie an, doch er reichte Luke das

Handy nicht. „Mit dir wird er vielleicht nicht reden“, erklärte er schlicht. „Direkt zur Mailbox“, brummte er einen Moment später.

„Wir haben wirklich ein Problem“, verkündete Jax, als er wieder hereinkam. Zu Lukes Überraschung beugte der Mann sich vor und nahm einen Revolver aus dem Holster an seinem Fußknöchel, den er Luke reichte.

„Gerade hat jemand, der behauptet, ein Reporter zu sein, den Notruf gewählt. Er sagte, er sei gegenüber von Grays Haus und habe einen Schuss gehört.“

Luke war aufgesprungen, bevor Jax zu Ende gesprochen hatte. Er erreichte den Gehsteig und schaute sich nach einem Auto um, das er anhalten konnte, als eine Hand sich auf seinen Arm legte. „Du und Rhys könnt mein Auto nehmen und ich folge euch“, sagte Jax, während er Rhys einen Schlüsselbund zuwarf. Luke folgte Rhys zu einem schwarzen SUV und Jax rannte zu dem Polizeiwagen, der vor dem Gebäude parkte.

Panik überkam Luke, obwohl er versuchte, ruhig zu bleiben, denn er hatte keine andere Wahl, wenn er Shaw gegenübertreten musste. Es bestand kein Zweifel daran, dass der Mann ihn endlich gefunden hatte, und dank seiner eigenen Dummheit war Gray in die Schuss-linie geraten.

Kapitel Zehn

Gray hatte kaum Zeit, das Blut auszuspucken, bevor die Faust wieder in seinem Gesicht landete. Dieses Mal traf der Schlag ihn an der Wange und er spürte, wie heiße Flüssigkeit an seinem Gesicht und seinem Hals herunterlief.

Die Fahrt von der Polizeistation zu seinem Haus war verschwommen, abgesehen von dem kurzen Anruf bei seinem Anwalt, damit dieser den nächsten Flug nach Montana nahm. Er hatte dem Mann keine Details genannt, außer dass er sich im Dare Police Departement mit Luke treffen und keine Kosten scheuen sollte, was Lukes Verteidigung anging. Er erinnerte sich nicht an die Fahrt, denn er war wie betäubt. Sein einziger Gedanke war gewesen, zu Hause anzuhalten, um eine Tasche zu packen, deshalb hatte er Ripley aus dem Wagen gelassen und war hineingeeilt. Die Hündin war hinter dem Haus verschwunden und Gray hatte sie nicht zurückgerufen, denn das Tier würde sich gründlich austoben müssen, bevor er sie wieder in den Truck ließ und mit ihr Richtung Süden fuhr. Er hatte vorgehabt, so viele Kilometer wie möglich zwischen sich und Luke zu bringen. Er war so abgelenkt gewesen, dass er nicht einmal bemerkt hatte, dass die Tür nicht abgeschlossen war, und er war schon fast in der Küche, als er feststellte, dass er nicht allein im Haus war.

Er blieb wie angewurzelt stehen, als er den Mann in Militärkluft entdeckte, der neben dem Küchentisch stand und eine Waffe auf ihn richtete. Doch als ein weiterer Mann hinter ihm sprach, drehte er sich herum und erkannte, dass er den Mann vor sich sah, der nicht ein, sondern zwei Mal versucht hatte, Luke das Leben zu nehmen. Der Mann war geschniegelt und gebügelt und von einer selbstbewussten Aura umgeben, die an Arroganz grenzte. Seine dunklen Augen schätzen Gray schnell ab und Gray spürte, wie ein eiskalter Schauer ihn überlief. In diesem Moment hatte er gewusst, dass er als Druckmittel benutzt werden würde. Deshalb hatte Gray, als Shaw verlangt hatte, dass er ihm sagte, wo Luke war, die Worte ausgesprochen, die er sein ganzes Leben lang perfektioniert hatte.

Fick dich.

Während er zwischen vollem Bewusstsein und einer drohenden Bewusstlosigkeit wandelte, konnte Gray hören, wie Ripley draußen wie verrückt bellte, und das schon seit zehn Minuten. Er hörte, dass das Tier zwischen der Vordertür und der Hintertür hin und her lief und vergeblich versuchte, einen Weg hinein zu finden. Zuerst schien Shaw es lustig zu finden, wenn das Gesicht und die Pfoten der Hündin im Fenster erschienen, doch dann hatte er wohl genug davon, denn er feuerte mehrmals durch das Fenster auf sie. Ripley unaufhörliches Bellen war der einzige Beweis, dass der Mann nicht getroffen hatte, doch Gray befürchtete, dass es nur eine Frage der Zeit war. Und jedes Mal, wenn der andere Mann, den Shaw Quincy nannte, ihn schlug, wurde Ripleys Bellen aufgeregter.

Die ersten Schläge hatten höllisch weh getan, doch dann legte sich eine Wärme auf Gray und die Schläge wurden weniger schmerzhaft. Eines seiner Augen war zugeschwollen, doch er konnte noch gut hören. Es bereitete ihm eine perverse Freude, dass Shaw immer frustrierter wurde, weil Gray stumm blieb, wenn er ihn nach Luke fragte. Gray wusste, dass Shaw bald genug davon haben würde, ihm immer wieder dieselbe Frage zu stellen, oder er würde erkennen, dass die Antwort sich nicht ändern würde. Dann bekäme er eine Kugel in den Kopf. Am liebsten würde Gray über die Ironie des Ganzen lachen, denn Luke war endlich so sicher, wie er nur sein konnte, auch wenn er bezweifelte, dass das Lukes Intention gewesen war, als er zur Polizei gegangen war.

„Der Wichser muss einen tollen Schwanz haben, wenn er sich diese Loyalität verdient hat“, brummte Shaw ihm ins Ohr. „Oder lässt die Schwuchtel sich lieber selbst in den Arsch ficken?“

Gray schaffte es nur bis „Fick -“, bevor die Faust wieder in seinem Gesicht landete. Er wusste, dass seine Nase gebrochen war, denn in seinen Mund, der bereits voller Blut war, lief noch mehr Blut.

„Wir verschwenden unsere Zeit“, stellte Shaw fest und richtete sich auf. „Bring es zu Ende. Hinterlassen wir unserem Freund eine Nachricht, die er so schnell nicht vergessen wird“, fügte er hinzu.

Gray stöhnte auf, als eine Hand ihn von hinten packte und seinen Kopf zurückriss, wobei seine Kehle entblößt wurde. Erst als er das Messer aufblitzen sah, wusste er, dass Shaw keine Kugel an ihn verschwenden würde. Er schloss sein gutes Auge, um ein Bild von Luke heraufzubeschwören, und stellte erfreut fest, dass er viele zur Auswahl hatte - von Luke, der über etwas im Fernsehen lächelte, von Luke, der mit Ripley mit einem Stock Tauziehen spielte, von Lukes Lippen, die über seinen schwebten, während Luke in ihn eindrang.

Friede überkam ihn, als er seinen vermeintlich letzten Atemzug nahm, doch der Kuss des Messers blieb aus, denn hinter ihm zersplitterte Glas und er wurde nach vorn gestoßen. Da seine Hände hinter seinem Rücken und seine Fußgelenke an den Stuhl, auf dem er saß, gefesselt waren, konnte Gray den Sturz nicht abfangen und schlug hart auf, doch er schaffte es, bei Bewusstsein zu bleiben. Er hörte, wie ein Mann fluchte, und Ripleys Knurren. Gray konnte sich weit genug umdrehen, sodass er erkennen konnte, dass Ripley es geschafft hatte, durch eines der von Kugeln durchsiebten Fenster zu brechen. Sie hatte den Mann mit dem Messer zu Boden geworfen und biss ihm in den Arm. Er schaffte es nicht, den wütenden Hund abzuschütteln, doch das spielte keine Rolle, denn plötzlich erklang ein Schuss und Ripley heulte vor Schmerz auf, dann fiel sie zu Boden.

„Nein!", rief Gray und versuchte, sich von seinen Fesseln zu befreien.

„Scheiße, mein Arm!", brüllte Quincy und versuchte aufzustehen. Von seinem Arm tropfte Blut. Der Ärmel und die Haut darunter waren vollkommen zerfetzt.

„Halts Maul!", schrie Shaw. Einen Moment später sagte er: „Er ist hier - geh nach hinten, falls er nicht allein ist. Jetzt!"

Quincy zog seine Waffe aus dem Holster, dann ging er in den hinteren Teil des Hauses. Gray nahm an, dass er zur Hintertür ging, die durch den kleinen Matschraum in den Garten führte.

Ein Arm legte sich um Grays Kehle und zog ihn mit dem Stuhl hoch, bis er wieder aufrecht saß. Er fühlte das kalte Metall der Waffe an seiner Schläfe, als die Vordertür sich langsam öffnete.

„Ich bin's, Shaw."

Grays Schrei blieb ihm im Halse stecken, als er sah, dass Luke das Haus unbewaffnet betrat.

Es erforderte Lukes ganze Erfahrung, beim Anblick von Gray nicht zu reagieren. Als er das Blut sah, das aus Grays Nase und Mund lief, sein linkes Auge, das vollkommen zugeschwollen war, und die Pistole, die an seine Schläfe gepresst war, wurde Luke fast von dem Verlangen übermannt, sich auf Shaw zu stürzen und ihm die Seele aus dem Leib zu prügeln, bevor er ihm das Genick brach.

„Heb dein Shirt hoch und dreh sich um", befahl Shaw brüsk. Luke zügelte sein Temperament und tat, was er verlangte. Er ignorierte die Angst in Grays Augen und zog auch seine Hosenbeine hoch, um zu zeigen, dass er auch dort keine Waffe versteckt hatte. Shaw entspannte sich sichtlich, als er sah, dass Luke keine Waffe trug, doch er richtete seine Pistole weiterhin auf Grays Kopf. Luke wusste, dass auch das kleinste Zucken von Shaws Finger dazu führen konnte, dass sie losging.

„Was, kein Flehen, dass ich ihn gehen lasse, jetzt wo du hier bist?", ätzte Shaw

„Hat Flehen dieser Mutter geholfen, bevor du ihre Kinder hingeschlachtet hast?", fragte Luke kalt. „Hat Barnes dich angefleht, ihm nicht das Gehirn wegzupusten?"

Shaw lachte und der Klang dröhnte in Lukes Ohren.

„Der Bastard hat es nicht kommen sehen. Nicht besonders helle, der Typ", meinte Shaw.

„Immerhin hast du ihm genug vertraut, um die Drecksarbeit für dich zu machen", erwiderte Luke.

Shaw lachte erneut. „Wenn das so wäre, wärst du zwei Meter unter der Erde in einer Holzkiste, nicht er. Der Idiot sollte sich im Krankenhaus um dich kümmern - die Strafe dafür, dass er es in diesem Drecksloch nicht geschafft hat, den Abzug zu drücken."

Diese Neuigkeit überraschte Luke, denn er hatte angenommen, dass es Barnes gewesen war, der auf ihn geschossen hatte.

„Du hättest sehen sollen, wie erleichtert er war, als er mir erzählt hat, dass du dich an nichts erinnerst und dass das wahrscheinlich auch so bleiben würde - dieser kleine Schleimscheißer und seine Heldenverehrung." Shaws verbitterte Worte verstummten und er begann, mit dem Lauf der Waffe Grays Schläfe zu reiben, fast wie ein Streicheln.

„Jetzt, da ich weiß, dass dir Schwänze lieber sind als Muschis, frage ich mich, ob zwischen euch nicht noch etwas anderes gelaufen ist."

Als Shaw die Pistole in die offene Wunde an Grays Wange drückte, sah Luke, dass Gray versuchte, einen Schmerzensschrei zu unterdrücken, doch Shaw schien damit nicht zufrieden zu sein, und er drückte die Waffe fest gegen die Verletzung. Gray stöhnte und schloss sein gutes Auge.

„Ich war weg, Shaw. Du hattest gewonnen! Was zum Teufel willst du von mir?", schrie Luke. Sein Ausbruch lenkte Shaws

Aufmerksamkeit wieder auf ihn und die Waffe quälte Gray nicht mehr.

„Du respektloses Stück Scheiße - du hast dich immer für etwas Besseres gehalten. Du wusstest, dass die Männer immer erst bei dir Bestätigung gesucht haben, wenn ich einen Befehl gegeben habe. Denkst du wirklich, ich bin so dumm zu glauben, dass du nicht versuchen würdest, mich um meine Zukunft zu betrügen? Die Zukunft, die ich mir verdient habe?"

Luke starrte diesen narzisstischen Hurensohn entgeistert an. „So nennst du den Mord an drei kleinen Kindern und einer unschuldigen Frau? Du bist ein verdammter Mörder, Shaw. Du hast dir gar nichts verdient! Und was ist mit Eddie?"

Shaw wedelte kurz mit der Waffe. „Ein Kollateralschaden, genau wie diese Frau und ihre Bälger. Denkst du, dieses Land wird mir vorwerfen, was passiert ist? Sie sollten mir einen verdammten Orden verleihen! Wie viele Leben habe ich gerettet, indem ich drei zukünftige Terroristen ausgeschaltet habe? Und diese Frau - was hätte sie davon abhalten sollen, sich eine Bombenweste umzuschnallen und dann zu unseren Männern zu gehen und so zu tun, als wäre sie auf unserer Seite, hm?"

Der Kerl war verrückt und diese Erkenntnis verstärkte Lukes Angst um ein Vielfaches. Er wusste, dass die Sache langsam dem Ende zu ging, und er zählte innerlich die Sekunden, wie abgemacht. Und er konzentrierte sich auf Gray. Das gute Auge des Mannes war immer noch geschlossen und Luke wollte frustriert aufschreien, denn er hatte kaum noch Zeit. Er hörte den vertrauten Knall, auf den er gewartet hatte, und kurz darauf öffnete Gray das Auge. Ihre Blicke trafen sich und Luke schaute schnell nach unten, dann wieder zu Gray. Er wiederholte das Zeichen, nur um sicherzugehen, und schon entstand Bewegung hinter dem Haus. Der heisere, abgehakte Schrei eines Mannes war zu hören, und sobald Shaw sich umdrehte, um zu sehen, was ihn verursacht hatte, ruckte Gray mit seinem ganzen Gewicht nach links und krachte mitsamt dem Stuhl zu Boden. Luke stürzte sich auf Shaw und stöhnte auf, als er einen scharfen Schmerz im Arm spürte. Shaw betätigte den Abzug bereits ein weiteres Mal, als Lukes Körper auf ihn traf, und eine zweite Kugel flog an Lukes Ohr vorbei. Er schaffte es, Shaw auf den Bauch zu drehen und einen Arm um seinen Hals zu schlingen, als draußen ein weiterer Schuss erklang, doch dann dachte er an Grays verängstigtes, geschundenes Gesicht und tat genau das, was er von Anfang an hatte tun wollen: Er brach Shaws Genick wie dürren Ast.

„Luke, hier ist ein Mann, der sagt, er wäre Grays Bruder", sagte Rhys von der Tür von Grays Krankenzimmer aus.

„Lass ihn rein", sagte Luke und schaute nach, ob Rhys' Stimme Gray geweckt hatte. Zufrieden, weil Gray immer noch schlief, setzte Luke sich wieder auf den Stuhl neben dem Bett. Roman kam langsam herein, wahrscheinlich, weil es ihm schwerfiel, Gray so zu sehen, vermutete Luke.

Nachdem Luke Shaw getötet hatte, war er an Grays Seite geeilt und hatte festgestellt, dass Gray sich bei dem Sturz den Kopf auf dem Boden so hart angeschlagen hatte, dass er bewusstlos geworden war. Er war im Krankenwagen wieder aufgewacht, doch er war verwirrt gewesen und hatte große Schmerzen gehabt, deshalb hatte der Notarzt ihm etwas gegen die Schmerzen und ein Beruhigungsmittel gegeben. Seitdem war er bewusstlos und Luke konnte nichts anderes tun, als den geschundenen Körper seines Geliebten anzustarren, während das schlechte Gewissen, weil er der Grund für das war, was der Mann, den er liebte, hatte durchmachen müssen, ihn auffraß. Außerdem hatte er Gray vollkommen grundlos weh getan, denn Shaw hatte ihn trotzdem in die Finger bekommen.

Romans dunkelblaue Augen trafen Lukes, als er sich seinem Bruder näherte, und Luke war nicht überrascht, dass er Wut darin sehen konnte. Er wusste bloß nicht, ob sie sich auf ihn richtete oder nicht.

„Ist er ..."

„Er schläft", sagte Luke leise. „Der Arzt hat ihm ein Beruhigungsmittel gegeben, deshalb wird er noch eine Weile schlafen. Doch er wird wieder gesund."

Roman starrte Gray an, während er sagte: „Ich war bei seinem Haus und man hat mir gesagt, was passiert ist."

„Er meinte, dass du versuchen würdest vorbeizukommen, wenn du auf dem Rückweg von L.A. bist."

Roman nickte. „Ich habe das Bild von euch beiden im Internet gesehen. Ich wollte nicht, dass er denkt, ich hätte jemandem ..."

„Wir wissen, dass nicht du der Presse gesagt hast, wo er ist, Roman. Ich werde dafür sorgen, dass er es erfährt."

„Der Mann, der das getan hat ..."

„Tot."

„War es jemand, den du kennst?"

„Ja. Gray ist wegen mir hier ... wegen meiner Vergangenheit."

Romans emotioneller Blick traf Lukes. Als er den Mann kennengelernt hatte, hatte er ihn nicht besonders gut einschätzen können, doch Gray war ihm nicht so gleichgültig, wie Gray anscheinend glaubte.

„Liebst du ihn?", wollte Roman wissen.

„Sehr sogar."

Roman nickte bloß, dann schaute er wieder zu Gray. „Und der Krebs ..."

„Ist vorerst verschwunden. Er muss sich im Laufe des nächsten Jahres mehrmals Tests unterziehen und auch danach regelmäßig, doch die Ärzte sind guter Dinge, dass es so bleiben wird."

„Und wenn nicht?"

Luke hörte die unausgesprochene Frage und in diesem Moment war ihm klar, dass das, was auch immer zwischen den beiden Brüdern vorgefallen war, wieder in Ordnung gebracht werden konnte. Doch es würde wahrscheinlich Gray zufallen, den ersten Schritt zu machen.

„Dann werde ich da sein. Immer."

Diese Antwort schien Roman zufriedenzustellen. Er beugte sich vor und legte die Hand auf Grays, wenn auch nur kurz, dann trat er zurück.

„Du solltest eine Weile bleiben, Roman", schlug Luke vor, obwohl er sah, dass der Mann gedanklich schon wieder auf dem Rückzug war.

„Ich muss zurück zur Arbeit", sagte Roman leise.

„Soll ich ihm etwas von dir ausrichten?", fragte Luke.

Roman studierte Gray eine ganze Weile, bevor er sagte: „Sag ihm Danke für das Nachtlicht."

Gray hatte überall Schmerzen, doch es war ein dumpfer, hohler Schmerz, der unter einer angenehmen, warmen Decke verborgen war. Am liebsten wollte er die Augen geschlossen halten und das Gefühl genießen, doch dann drangen Bilder in sein Bewusstsein und er wusste nicht, ob sie Realität oder ein schrecklicher Albtraum waren. Er zuckte hoch, doch sehr weit kam er nicht, denn eine warme Hand legte sich auf seine Schulter und hielt ihn zurück.

„Gray, es ist gut. Du bist in Sicherheit."

Diese Stimme würde er überall erkennen. Gray schaffte es, die Augen zu öffnen, wenn auch erst nach mehreren Versuchen. Aber als er versuchte zu sprechen, kam kein Laut. Ein Strohhalm wurde an seine Lippen gehalten und er trank ein paar Schluck Wasser, das seine ausgetrocknete Kehle kühlte. Während er trank, wanderte sein Blick zu seiner Rechten und er seufzte erleichtert, als er sah, dass Luke anscheinend unverletzt war.

„Er hat auf dich geschossen", krächzte Gray.

„Die Kugel hat mich gestreift ... mal wieder", sagte Luke. Er setzte sich auf den Stuhl neben dem Bett und zog seinen Ärmel hoch, damit Gray den Verband an seinem Oberarm sehen konnte. Gray war erleichtert, doch dann fiel ihm noch etwas ein.

„Ripley ... oh Gott, Luke, sie ist durch das Fenster gesprungen ..."

„Es geht ihr gut, Gray. Jax hat sie rechtzeitig zu Dane gebracht.

Sie musste operiert werden und brauchte eine Bluttransfusion, doch Dane meint, dass sie wieder gesund wird."

„Was ist aus Shaw geworden? Woher ... woher hast du gewusst, dass er in meinem Haus war?"

Gray zog seine Hand zurück, als Luke die Hand auf seine legte, denn mit den schrecklichen Erinnerungen an Shaw Angriff kamen auch die schmerzhaften Worte, die ihn zu seinem Haus gejagt hatten. Lukes Worte.

Luke erstarrte, als Gray die Hand zurückzog, doch er sagte: „Ein Paparazzo hat sich hinter den Bäumen an der Straße gegenüber von deinem Haus versteckt und den Notruf gewählt, als er Schüsse hörte. Er hatte ein großes Objektiv an seiner Kamera und hat vor ein paar Tagen Fotos von uns gemacht."

„So hat Shaw dich gefunden", hauchte Gray.

„Dane hat das Bild im Internet entdeckt und Jax angerufen. Wir wollten uns auf den Weg zum Haus machen, als der Notruf wegen der Schüsse reinkam. Jax hat den Reporter hinterher befragt. Er sagte, dass Sid, dein Agent, ihm gesagt hat, wo du bist, Gray", sagte Luke leise. „Sid hat zugegeben, dass er die Information von dem Anwalt hat, der für dich als Treuhänder fungiert hat. Ich glaube, sie sind befreundet."

„Jede Publicity ist gute Publicity", murmelte Gray. „Wahrscheinlich war das Sids Art, mich dazu zu zwingen, wegen der Sache mit Cavelli ein Statement abzugeben."

„Der Wichser hat dich fast dein Leben gekostet", knurrte Luke.

Unter anderen Umständen wäre ihm bei Lukes Worten ein warmer Schauer über den Rücken gelaufen, doch jetzt ärgerten sie ihn bloß. „Was hast du mit Shaw gemacht?"

„Jax hat eine automatische Waffe benutzt, um den Kerl an der Hintertür abzulenken. Das Geräusch hat ihn nach draußen gelockt und Rhys hat ihn ausgeschaltet. Das hat Shaw abgelenkt und ich konnte ihn mir holen. Er ist tot."

Gray nickte. Er hasste, wie erleichtert er sich fühlte, weil Luke nun frei war. Frei, um in das Leben zurückzukehren, das er liebte.

„Dein Anwalt war vor ein paar Stunden bei der Polizei. Eigentlich sagte er, er wäre mein Anwalt."

Gray drehte sich auf die Seite, damit er Luke nicht mehr ansehen musste. Welche Medikamente auch immer durch seinen Körper strömten, sie halfen nicht, den Schmerz in seinem Herzen zu lindern. „Ich bin ziemlich müde, Luke. Danke, dass du vorbeigekommen bist."

Gray hörte eine Bewegung hinter sich und er erstarrte, als er spürte, wie Luke sich über ihn beugte. Lippen strichen über seine Stirn, dann hielten sie an seinem Ohr inne. „Glaub nicht, dass dies ein Lebewohl ist, Gray, denn ich gehe nirgendwohin."

Kapitel Elf

Drei Wochen. Drei verdammte Wochen.

So lange hatte es gedauert, den Mist zu klären, der auf ihn zugekommen war, nachdem bekannt wurde, was Shaw in Übersee und zu Hause getan hatte. Doch angefangen hatte es anders. Es hatte angefangen, als er kurz zur Cafeteria gegangen war, um sich einen Kaffee zu holen, während Gray geschlafen hatte. Als er zurückgekommen war, hatte ein bulliger Sicherheitsmann vor der Tür gestanden und Rhys hatte ihn grimmig informiert, dass Gray gesagt hatte, er wolle ihn nicht mehr sehen. Luke hatte sich natürlich dagegen gewehrt, doch es hatte nichts genutzt, Grays Namen zu rufen, und er wollte Rhys nicht wehtun, um an ihm vorbei zu kommen. Deshalb hatte er sich von Rhys aus dem Krankenhaus führen lassen, wo sein Pflegebruder eine weitere Bombe hatte platzen lassen - bis der Mord an Barnes aufgeklärt war, war er verhaftet. Zwar hatte Rhys ihm keine Handschellen angelegt, doch er hatte ihn zur Polizeistation gebracht, wo zwei Militärpolizisten auf ihn gewartet hatten und ihn zurück nach Fort Benning gebracht hatten. Sowohl Rhys, als auch der Anwalt, den Gray für ihn engagiert hatte, waren mitgekommen. Für die Anwesenheit des Anwalts war Luke dankbar, denn er war zu nervös, um sich auf den rechtlichen Kram zu konzentrieren. Nachdem Grays Anwalt erreicht hatte, dass Luke frei war, konnte Luke sich überlegen, wie er Gray wieder zurückbekam.

Drei Wochen später war er seinem Ziel kein Bisschen näher. Er hatte Dane überredet, ihm Grays Adresse in Kalifornien zu geben, als er herausgefunden hatte, dass Gray Montana verlassen hatte, nachdem er aus dem Krankenhaus entlassen worden war. Er hatte sich nicht die Mühe gemacht, Gray anzurufen, denn er wusste, Gray würde ihm sagen, er solle zur Hölle fahren, und was er zu sagen hatte, sagte man nicht übers Telefon. Auch wenn er Gray weder persönlich gesehen, noch mit ihm gesprochen hatte, hatte er doch miterlebt, wie sein ehemaliger Liebhaber zu dem geworden war, was er bisher hatte vermeiden wollen - ein Vorbild.

Das erste Interview hatte in einer abendlichen Unterhaltungssendung etwa eine Woche nach dem Angriff von Shaw stattgefunden. Luke hatte sich die immer noch sichtbaren Verletzungen in Grays Gesicht genau angesehen und hatte gehört, wie Gray die Geschehnisse und seine Verletzungen herunterspielte. Doch bevor die Reporterin ihre nächste Frage stellen konnte, hatte Gray sie und wahrscheinlich das gesamte Publikum überrascht, indem er verkündet hatte, dass er Krebs hatte. Die Reporterin hatte sich schnell erholt und hatte endlose, immer persönlichere Fragen gestellt. Gray hatte jede einzelne davon offen und ehrlich beantwortet, und als das Interview sich dem Ende zuneigte, hatte er direkt in die Kamera gesehen und sich an die Zuschauer gewandt. Er hatte sie aufgefordert, nicht zu lange zu warten, bis sie zum Arzt gingen, wenn sie an sich etwas Verdächtiges feststellten. Er hatte auch jeden, der mit der Krankheit zu kämpfen hatte, aufgefordert, sich bei Freunden und Familie Unterstützung zu suchen, damit sie die Stärke fanden, die sie brauchten, um zu überleben und nicht zu einer Statistik zu werden. Noch mehr Interviews und Artikel folgten, in denen Gray das Gesicht der Überlebenden von Hodenkrebs wurde. Falls ihm dies unangenehm war, ließ er es sich nicht anmerken.

Aber es war das, was er nicht gesehen hatte, was Luke veranlasst hatte, sich ein Flugticket nach L.A. zu kaufen, statt mit dem Auto zu fahren. Er hatte dem Taxifahrer eine astronomische Summe bezahlt, damit dieser ihn aus der belebten Innenstadt in die schicke Gegend am Strand von Malibu brachte. Gray hatte immer das Richtige gesagt, doch seine Augen waren leer gewesen. Als er einem Reporter gesagt hatte, dass er sich darauf freute, mit dem Studio an der endgültigen Version des Drehbuchs zu dem ersten Film in seiner Serie zu arbeiten, war keine Aufregung in seinen goldenen Augen gewesen. Das Lächeln, die Reaktion auf die Glückwünsche des Reporters, dass sein letztes Buch es vor Verkaufsstart in die Bestseller-Listen geschafft hatte, war zu breit gewesen. Und als er nach dem mysteriösen Mann, gefragt wurde, mit dem er an seinem Haus gesehen worden war, konnte Gray den Schmerz in seinen Augen nicht verbergen, als er der Frage gekonnt auswich.

Grays Haus zu finden, was überraschend einfach, den vor seiner Einfahrt standen mindestens ein halbes Dutzend Reporter. Luke war froh, dass es kein Tor gab, durch das er hindurchmusste, und er ignorierte die Reporter, die nach ihm riefen, als er aus dem Taxi ausstieg. Er hatte nicht viel Gepäck, deshalb musste er nicht viel aus dem Kofferraum des Taxis holen. Es war ein seltsames Gefühl, dass Kameras hinter ihm klickten, als er sich auf den Weg zu dem sehr modern aussehenden, weißen Haus machte. Seine Nervosität kochte fast über, als er darauf wartete, dass die Tür sich öffnete, denn es schien ewig zu dauern. Doch nichts hätte ihn auf den Anblick von Gray vorbereiten können.

Äußerlich war alles in Ordnung mit Gray - tatsächlich sah er gesünder aus, als Luke ihn je gesehen hatte. Sein wunderschönes, blondes Haar war fast wieder so lang wie an jenem schrecklichen Tag, als Luke hatte miterleben müssen, wie Gray es abrasiert hatte, und seine Haut war nicht mehr blass und fahl. Er war zwar noch zu dünn, aber er hatte ein wenig zugenommen und seine Kleidung saß wieder normal. Doch was Luke vor sich sah, war nur die Hülle eines Mannes. In seinen leeren Augen leuchtete kein Funke, und auch als er Luke sah, änderte sich sein Gesichtsausdruck kaum.

„Hi", war alles, was Luke einfiel, während sein hungriger Blick über Gray wanderte. Gray sagte nichts, doch er öffnete die Tür weiter. Das schien die einzige Einladung zu sein, die Luke bekommen würde. Sobald er eingetreten war, wurde er von Ripley begrüßt. Die Bewegungen der Hündin waren langsam und sie hinkte leicht, doch sie wedelte mit dem Schwanz und fiepte aufgeregt, als sie die Nase an Lukes Hand drückte.

„Sie sieht gut aus", murmelte er und setzte sich auf den glatten, weißen Fußboden, wo Ripley sofort auf ihn krabbelte. Er schaute sich in Grays Haus um und war überwältigt, wie wunderschön es war … und es sah teuer aus. Die gesamte Rückwand bestand aus Fenstern, die einen spektakulären Blick auf den Strand und den Ozean freigaben. Im Wohnzimmer war ein massiver Kamin und mehrere Sitzgelegenheiten aus Leder, die so angeordnet waren, dass Gäste sich unterhalten und trotzdem den Ausblick genießen konnten. Eine Marmortreppe führte in den ersten Stock und an der Seite des Hauses konnte er einen Indoor-Swimmingpool erkennen.

„Was machst du hier, Luke?", fragte Gray müde und ging die Treppe hinauf. Luke löste sich vorsichtig von Ripley und stand auf. Der große Hund trottete ins Wohnzimmer und rollte sich auf dem weichen Hundebett neben dem Kamin zusammen.

Luke folgte Gray nach oben in einen Raum, der das Hauptschafzimmer zu sein schien. Das Kingsize-Bett wirkte klein in dem riesigen Raum und auch hier bestand die Rückwand aus Fenstern. Es gab auch einen Balkon mit einem Whirlpool. Was für Luke jedoch am deutlichsten herausstach, waren die vollen Umzugskisten in jeder Ecke des Raumes.

„Ziehst du um?", fragte er, als Gray im Schrank verschwand. Er kehrte einen Moment später mit einem großen Koffer zurück, den er aufs Bett legte und öffnete.

„Ich kehre nach Montana zurück."

„Verkaufst du dieses Haus?"

Gray nickte nur.

„Was ist mit deiner Karriere? Den Filmen?"

„Schreiben kann ich überall", murmelte Gray. Er ging wieder in den Schrank und kam mit einem Arm voll Kleidung zurück.

„Und die Filme?"

„Ich habe dem Studio gesagt, dass ich nicht daran interessiert bin, in den kreativen Prozess involviert zu sein. Sie können besetzen, wen sie wollen - ich muss mich nur an der Promotion beteiligen, wenn der Film veröffentlicht wird."

„Also bekommt dieser Wichser Cavelli die Rolle, trotz der Scheiße, die er abgezogen hat?"

Endlich schien Gray aus seiner Trance aufzuwachen und all die Emotionen, die in diesen Interviews aus seinem Gesicht verschwunden waren, kamen mit einem Schlag zurück. „Verdammt noch mal, Luke, was zum Teufel willst du von mir?"

Als er den Schmerz in Grays Stimme hörte, verfluchte Luke sich selbst, weil er vom Thema abgekommen war, und versuchte, nach Gray zu greifen, doch Gray schüttelte ihn ab und trat mehrere Schritte zurück.

„Ich habe die Dinge, die ich auf dem Polizeirevier gesagt habe, nicht so gemeint", sagte er leise.

Gray überraschte ihn, indem er sagte: „Ich weiß."

Hoffnung flammte in Luke auf und er ging auf Gray zu, doch dieser hob die Hand, um ihn aufzuhalten. Sein gesamter Körper schien sich zusammenzukrümmen, als wollte er sich vor Lukes Berührung schützen. Bei diesem Anblick wollte Luke sich überge-ben. „Gray ...", flüsterte er verwirrt.

„Ich weiß, dass du diese Dinge gesagt hast, damit ich gehe. Das ist mir klar", sagte Gray heiser. „Doch sie sind jetzt in meinem Kopf - sie sind alles, was ich hören kann." Sein Gesicht verzog sich und Tränen liefen über seine Wangen.

Luke trat zurück, als Schockwellen durch seinen Körper drangen. Großer Gott, was hatte er nur getan? Er hatte Gray nicht einfach nur weh getan - er hatte ihn gebrochen. Grauen überkam ihn, als er erkannte, dass Gray sich zwar von Shaws brutalen Schlägen erholt hatte, doch er blutete noch immer aus den Wunden, die Lukes acht-lose, grausame Worte ihm zugefügt hatten.

„Gray, sag mir, wie ich es wiedergutmachen kann", flehte er verzweifelt.

Gray schüttelte nur den Kopf und wischte sich mit dem Ärmel über das Gesicht. „Das kannst du nicht", sagte er nur.

Kälte breitete sich in Lukes Brust aus und ihm wurde schwinde-lig, deshalb setzte er sich auf Grays Bett. „Ich dachte ... ich dachte, ich tue das Richtige. Wirklich, Gray", flüsterte er und schaute auf, um in die Augen des Mannes zu sehen. Doch Gray hatte sich abge-wandt und Luke wusste, dass er ihm durch seine Anwesenheit nur noch mehr wehtat. Er hatte ihn verloren. Er hatte Gray verloren ... und das nur, weil er zu viel Angst gehabt hatte, den einzigen Menschen neben Rhys, der ihn jemals geliebt hatte, in sein Leben zu lassen.

Luke zwang sich dazu, aufzustehen, auch wenn seine Beine sich anfühlten, als würden sie jeden Moment nachgeben. „Ähm, dein Bruder war im Krankenhaus ... Er wollte, dass ich dir ausrichte ‚Danke für das Nachtlicht'. Ich hoffe, du weißt, was das bedeutet, denn er ist nicht lange genug geblieben, um es mir zu erklären."

Luke drehte sich zum Gehen um, doch dann hörte er Gray sagen: „Es war in der ersten Nacht, nachdem er zu uns gezogen ist. Er kam weinend in mein Zimmer, weil er Angst hatte, seine Mutter könnte ihn vom Himmel aus nicht finden. Ich habe ihm mein Nachtlicht gegeben und ihm gesagt, dass es ihr helfen würde, den richtigen Weg zu finden, damit sie über ihn wachen könne."

Schmerz durchfuhr Luke, als er sagte: „Lass nicht zu, dass er dich wegstößt, Gray."

Mit diesen Worten brach Lukes Stimme endgültig und er konnte nur noch flüstern: „Ich liebe dich, Gray", bevor er aus dem Zimmer hastete, während Tränen seine Sicht trübten. Er glaubte zu hören, dass jemand seinen Namen rief, doch er traute sich nicht, sich umzu-drehen, falls er sich geirrt hatte. Und so eilte er die Treppe hinunter und riss die Tür auf. Etwas traf ihn von hinten, sodass die Tür wieder zuschlug, und Luke verlor endgültig die Fassung, als Gray sich an seinen Rücken presste. Sein Körper wurde von Schluchzern geschüttelt, als sanfte Hände ihn umdrehten, und er begab sich willig in Grays Arme, als diese sich um ihn legten.

Gray war unglaublich erleichtert, als Luke sich an ihn klammerte. Im Bruchteil einer Sekunde, während er zugesehen hatte, wie Luke sein Zimmer verließ, hatte Gray jeden Augenblick, den sie zusammen verbracht hatten, noch einmal durchlebt. Obwohl der Schmerz, den Lukes Worte auf der Polizeistation verursacht hatten, noch da war, waren die Freude und der Frieden, den Luke ihm gebracht hatte, stärker und er wusste, Luke gehen zu lassen, war keine Option.

„Gray, ich liebe dich so sehr", flüsterte Luke an seinem Hals. Gray fühlte heiße Tränen, die in sein T-Shirt drangen, doch er war sich nicht sicher, dass sie nur von Luke stammten. „Ich wollte dir nie wehtun ..."

„Ich weiß, Baby", flüsterte Gray an Lukes Ohr und küsste ihn sanft auf den Kopf. „Wir schaffen das. Aber ... aber verlass mich nicht noch einmal, okay?"

Er glaubte zu hören, dass Luke „nie wieder" flüsterte, doch er war sich nicht sicher. Als Lukes Schluchzen nachließ, nahm Gray seine Hand und führte ihn wieder die Treppe hinauf. Er stieß den Koffer zu Boden, setzte Luke auf das Bett und zog ihm die Schuhe aus. Gray kletterte zu Luke. Er legte sich hin und streckte die Hand aus. Luke ergriff sie sofort und legte sich neben ihn, dabei legte er den Kopf auf Grays Brust. Die Arme, die sich um Gray schlangen, waren wie Bänder aus Stahl, doch Gray wehrte sich nicht gegen den eisernen Griff - er genoss ihn.

So lagen sie eine ganze Weile da und Gray merkte nicht einmal, dass sie eingeschlafen waren, bis er aufwachte und feststellte, dass es draußen dunkel war. Luke regte sich neben ihm und als sein lockerer Griff wieder fester wurde, wusste Gray, dass er wach war.

„Was ist in Georgia passiert?", wollte er wissen.

„Jede Menge rechtlicher Kram, Papierkrieg und endlose Nachbesprechungen. Nach einer Weile habe ich nicht mehr zugehört, denn mir schien, als würde ich immer wieder die gleichen Fragen beantworten."

„Die Anklage wurde fallengelassen?"

Luke nickte. „Ich hätte auf dich hören sollen, Gray. Wegen des Anwalts, und darüber, Rhys und Jax um Hilfe zu bitten - alles."

„Es ist gut ausgegangen", murmelte Gray.

Er war überrascht, als Luke seine Position änderte, sodass er über ihm war. „Tu das nicht", sagte er leise. „Lass mich nicht so leicht vom Haken." Seine Finger strichen über die Narbe in seinem Gesicht.

„Ich wollte, dass du mir vertraust", gab Gray schließlich zu. „Ich wollte dir das geben, was du mir gegeben hast."

„Das hast du", flüsterte Luke, dann langte er über Gray hinweg, um die Nachttischlampe anzuschalten. Er griff in seine Tasche und holte ein paar gefaltete Papiere hervor. „Ich musste tonnenweise Formulare ausfüllen, wegen der Anhörungen, meine Entlassungspapiere, die Besprechungen ... doch ich hatte keine Ahnung, was ich eigentlich unterschrieben habe, bis ich zu dem Papierkram für die Lagereinheit gelangt bin, in meine Sachen eingelagert wurden, bevor ich in die Kaserne gezogen bin."

Luke faltete die Papiere auseinander und reichte sie Gray. Gray wusste nicht, was er da in Händen hielt, und er wollte schon fragen, als er es entdeckte. Seinen Namen. Er stand in der Sparte *Nächste Verwandte/Notfallkontakte*. Er holte tief Luft, als er zur nächsten Seite blätterte und dasselbe entdeckte. Auf jeder einzelnen Seite stand sein Name statt des falschen Namens, den Luke für eine Mutter verwendet hatte, die nicht existierte.

„Ich habe endlich jemanden, den es kümmert, ob ich nach Hause komme oder nicht", flüsterte Luke an seinen Lippen.

„Immer", erwiderte Gray, bevor sein Mund sich auf den von Luke legte.

Ein Kuss - mehr als einen Kuss brauchte es nicht, um ihre Körper vor Verlangen in Flammen zu setzen, doch als Gray die Hand auf Lukes Hintern legte, um ihre Schwänze zusammenzubringen, drehte Luke sie um, sodass er auf den Rücken war und Gray zwischen seinen Beinen lag.

„Ich brauche dich in mir", sagte Luke und legte die Hände an Grays Gesicht.

„Bist du sicher?", fragte Gray.

Luke nickte und riss sich das T-Shirt über den Kopf.

„Können die Fesseln bis zum nächsten Mal warten?", fragte Gray mit einem Lächeln.

Luke lachte, als er sich daran erinnerte, wie er Gray gebeten hatte ihn zu fesseln, wenn er ihn zum ersten Mal nahm.

„Ich werde dafür sorgen, dass du alles spüren kannst, was ich mit dir mache", versprach Gray ihm heiser, während er an Lukes Lippen nippte und sie sich auszogen.

„Nächstes Mal", lenkte Luke ein, dann schloss er die Augen und stöhnte auf, als Grays Zunge einen seiner Nippel bearbeitete. Gray folterte auch den anderen bevor er sich nach unten begab und Lukes Bauchnabel fand. Doch statt seinem geschwollenen Schwanz etwas liebevolle Aufmerksamkeit zu gönnen, küsste Gray sich an seinen Beinen hinunter bis zu den Füßen und wieder hinauf. Dabei berührte er kein einziges Mal Lukes Ständer.

„Gray", beschwerte Luke sich.

Gray brachte ihn mit einem fast schon brutalen Kuss zum Schweigen, der ihm fast den Atem nahm. Grays Ausgelassenheit verschwand, und als er Luke wieder berührte, war es ein Angriff auf dessen Sinne. Finger, Lippen, Zähne, Zunge - sie berührten ihn überall. Manchmal zärtlich, manchmal nahezu schmerzhaft. Jeder Kontakt steigerte sein Verlangen mehr und mehr, und als Gray ihn endlich in den Mund nahm, schrie Luke erleichtert auf und spritzte in Grays Kehle ab. Der Orgasmus verschlang ihn vollkommen und als er vorbei war, waren seine Lippen das Einzige, das er bewegen konnte, als Gray ihn küsste. Ein wenig von seinem Saft lief von Grays Mund in seinen und Luke erschauerte, als seine eigene bittere, salzige Essenz in seinen Hals rann. Gray legte sich mit seinem ganzen Gewicht auf ihn, während er sanfte Küsse auf seinem Gesicht verteilte. Als Luke schließlich die Augen öffnete, hießen die von Gray ihn willkommen.

„Ich habe dich so sehr vermisst", brachte Luke schließlich hervor, obwohl Emotionen drohten, ihm die Kehle zuzuschnüren. Er war viel zu dicht davor gewesen, dies alles zu verlieren ... viel zu dicht.

„Ich liebe dich, Luke. Egal, was passiert, daran darfst du niemals zweifeln. Nur dich", sagte Gray fast schon verzweifelt.

„Nie wieder, Gray", erwiderte Luke.

Gray nickte, dann küsste er ihn. Die Verführung begann von Neuem, und als Grays Mund Lukes Schwanz erreichte, war er wieder voll bei der Sache. Doch statt ihn tief in den Mund zu saugen, leckte Gray ihn nur ein paar Mal, dann wanderte sein Mund tiefer. Auch wenn er versucht hatte, sich auf diesen Moment vorzubereiten, erkannte Luke in dem Moment, als Grays Zunge über sein Loch zuckte, dass das vollkommen nutzlos gewesen war.

„Scheiße, ja!", schrie Luke auf, als Gray ihn wieder und wieder streichelte. Bei jedem Strich seiner Zunge tropfte Vorsaft aus Lukes Schwanz und er konnte nicht anders, als die Hand um sein heißes Fleisch zu legen und ihn Rhythmus von Grays Berührungen zu streicheln. Luke erstarrte, als Grays steife Zunge in ihn eindrang, und er versuchte, sich an die intimen Streicheleinheiten zu gewöhnen, doch nach nur einem Zungenstrich wichste er seinen Schwanz verzweifelt, während er seinen Arsch an Grays talentierten Mund presste. Er protestierte lauthals, als Grays Zunge aus seinem Körper glitt und nach oben wanderte, doch als Gray über seine Eier leckte, ließ Luke seinen Schwanz los und stützte sich auf die Ellenbogen, um zuzusehen. Beim Anblick von Gray zwischen seinen Beinen, der Lukes Eier in den Mund nahm und daran saugte, war einfach zu viel. Luke ließ sich wieder zurück auf das Bett fallen und legte den Arm über die

Augen. Er bemerkte kaum, dass Gray ihn losließ, denn sein Körper war so empfindlich, dass er jedes Mal, wenn Gray seine Haut berührte, das Gefühl bekam, als tanzte Strom auf seiner Haut.

„Ist alles okay?", fragte Gray und küsste sanft Lukes Lippen.

Luke nickte und ließ den Arm sinken. „Es ist fast zu viel, verstehst du?"

Gray nickte. „Du wirst es bald fühlen."

„Was?", wollte Luke wissen.

Doch Gray lächelte bloß, dann langte er zu seinem Nachttisch, um das Gleitgel zu holen. „Ich war mit niemand anderem zusammen", sagte er plötzlich. „Wir können ein Kondom benutzen, bis ich mich noch einmal habe testen lassen, um es dir zu beweisen. Ich weiß nicht einmal, wie es ist mit Geschlechtskrankheiten in meinem Zustand ..."

Lukes Leidenschaft kühlte bei Grays Worten ab. Er schlang die Arme um ihn und drehte ihn auf den Rücken, wo er ihn mit seinem Blick fixierte. „Du musst mir niemals, *niemals* etwas Derartiges beweisen, denn dein Wort reicht mir, hast du das verstanden?", sagte Luke entschlossen. Auf Grays leichtes Nicken hin flüsterte er: „Eines Tages werde ich es schaffen, dass du mir glaubst - wirklich glaubst - dass ich diese schrecklichen Dinge, die ich gesagt habe, nicht so gemeint habe." Luke küsste Gray gründlich, bis sie sich beide vor neu erwachtem Verlangen wanden. Dann drehte Luke sie um, sodass er erneut auf dem Rücken lag.

Grays Hände zitterten, als er die Flasche mit Gleitgel aufhob, die während ihres Zwischenspiels vom Bett gefallen war. Bis zu diesem Moment war ihm nicht bewusst gewesen, wie sehr das, was Luke auf der Polizeistation zu ihm gesagt hatte, ihn noch beschäftigte. Selbst als er Luke die Treppe hinab gefolgt war, um ihn am Gehen zu hindern, sagte eine innere Stimme zu ihm, was für ein Narr er doch war - dass Luke ihn eines Tages wieder mit seinen Worten zerstören würde. Doch nun, wo er die Wahrheit in Lukes Augen sehen konnte, in seinen Berührungen fühlen konnte, wusste er, dass er diesen Tag in die Vergangenheit verbannen konnte, wo er hingehörte. Er hatte ein ganzes Leben vor sich, um neue Erinnerungen mit diesem Mann zu schaffen, und er würde sich nicht mit der Dunkelheit, die aus einer schlechten Entscheidung entstanden war, beschmutzen.

Gray blieb auf Lukes warmem, harten Körper liegen, während seine Hand nach unten zu Lukes Loch wanderte. Er genoss es, die Reaktion in Lukes Augen zu sehen, als Grays Finger mit ihm spielte und schließlich eindrang. Dort war ein wenig von allem - Angst, Unbehagen, Erstaunen, Aufregung, Lust. Doch als Luke seinen Blick traf, spürte er das, was sie vom ersten Moment an verbunden hatte.

„So gut", flüsterte Luke, während Grays Finger ihn massierten. Er fand den Knoten, den er suchte, und war nicht überrascht, dass Luke aufkeuchte und vom Bett abhob, als Lust ihn durchströmte. Er bearbeitete ihn weiter, während er einen weiteren Finger hinzunahm, wobei er zufrieden feststellte, dass Lukes einzige Reaktion war, um mehr zu betteln. Lukes Schwanz tropfte an seinem eigenen, deshalb hielt Gray sich damit nicht allzu lange auf. Als er sich daranmachte, ihre Körper zu verbinden, beugte er sich vor und flüsterte: „Ich liebe dich" an Lukes Lippen, bevor er eindrang.

Luke hatte damit gerechnet, dass es wehtun würde, wenn Gray eindrang, doch der Schmerz hielt nicht lange an, und als er sich an das Gefühl, so voll zu sein, gewöhnt hatte, konnte er sich entspannen, damit Gray noch weiter eindringen konnte. Er stöhnte auf, als Grays Oberschenkel seinen Hintern berührten. Gray hatte die Arme um Lukes Beine geschlungen, um ihn so weit wie möglich zu öffnen, und auch wenn er sich im ersten Moment zu verletzlich gefühlt hatte, genoss er diese Position sehr schnell, denn sie erlaubte Gray, ihm körperlich so nah zu kommen, wie nur möglich.

Als Gray begann, mit langsamen Bewegungen in ihn hinein- und wieder herauszugleiten, entstand ein seltsames, brennendes Gefühl in seinem Arsch und er machte sich Sorgen, dass es schlimmer werden würde, doch stattdessen erwachte etwas anderes in ihm. Das Gefühl verschwand vollkommen und wurde von einem Druck ersetzt, der sich von seinem Bauch aus ausbreitete, während Gray sich in ihm bewegte. Die Reibung war dank Grays Größe unglaublich und Luke stellte fest, dass er nicht mehr sprechen konnte, als Gray an Geschwindigkeit aufnahm. Er schaffte es, die sanften Küsse zu erwidern, die Gray auf seinen Lippen verteilte, doch das hielt nicht lange an, denn Gray veränderte den Winkel seiner Hüften ein wenig, und heiße Leidenschaft durchschoss ihn. Ab da war Luke nur noch eine grunzende, stöhnende Masse, und er konnte nichts anderes mehr tun, als Gray zu folgen, der ihn höher und höher trug. Und in diesem Moment, als er über dem Abgrund hing und das Brennen von Grays Blick spürte, fühlte er es - das, wovon Gray gesprochen hatte - dieser Moment, in dem nichts und niemand existierte außer ihnen beiden. Es war pure Perfektion.

Und als er fiel, war Gray da, um ihn aufzufangen.

Epilog

„**W**as zum Teufel, Gray?!"

Gray musste über diesen entrüsteten Aufschrei lächeln und er schaute zu Ripley, die neugierig den Kopf neigte, als schwere Schritte aus dem Schlafzimmer zu ihnen eilten. Er schickte die E-Mail ab, die er seinem neuen Agenten geschrieben hatte, dann schloss er das Programm.

„Eine Klippe, Gray? Er stürzt eine Klippe hinunter?", brüllte Luke ungläubig und hielt ein Buch hoch, als wüsste Gray nicht, wovon er sprach. Da er dieselbe Reaktion von vielen seiner Fans in den letzten beiden Wochen, seit sein neuestes *Nick Archer*-Buch erschienen war, bekommen hatte, saß er einfach da und versuchte, ein Lächeln zu unterdrücken. Luke liebte die Serie, seit er den ersten Band beendet hatte, kurz nachdem sie sich in Grays Haus in Montana häuslich eingerichtet hatten. Seitdem hatte er wie besessen alle sechs Bücher gelesen, ohne Spoiler durch Bewertungen oder Gray selbst. Und Gray hatte großen Spaß dabei zuzuhören, wie Luke sich laut fragte, was mit Detective Archer passierte, wenn er in Bedrängnis war.

„Das ist nicht wahr, oder?", fragte Luke. „Er konnte sich aus dem Kofferraum befreien, bevor das Auto hinuntergestürzt ist."

Gray zuckte bloß mit den Schultern und Luke fluchte herzhaft.

„Sag es mir", verlangte er schließlich.

„Zwing mich doch dazu", erwiderte Gray. Hitze flammte in Lukes Augen auf. Er zerrte Gray aus seinem Schreibtischstuhl und küsste ihn besinnungslos, danach schien ihn nicht mehr zu interessieren, was Gray für das nächste Buch plante, wenn überhaupt. Es war Gray, der wieder zu Sinnen kam, bevor Luke sein Hemd vollkommen aufknöpfen konnte.

„Du kommst zu spät zum Unterricht", brummte er an Lukes Lippen.

„Scheiße", fluchte Luke, dann gab er Gray einen letzten Kuss auf die Lippen und zog sich zurück. „Heute Abend", warnte er.

„Heute sind wir zum Abendessen auf der Ranch", erinnerte Gray ihn.

„Sag ab", scherzte Luke.

„Wirklich?", fragte Gray vielsagend.

„Nein, nicht wirklich", brachte Luke hervor. „Danach", sagte er mit einem entschlossenen Blick, dann beugte er sich vor, um mit der Hand über Ripleys Kopf zu streicheln. „Ruf deinen Bruder an", sagte er und beugte sich vor, um Gray erneut zu küssen. „Ich liebe dich", sagte er sanft und ein Schauer durchlief Gray, als er das nackte Verlangen in den Augen des anderen Mannes sah.

„Ich liebe dich", antwortete Gray und er zwang sich, die Faust zu öffnen, die er in Lukes Shirt gekrallt hatte.

Luke warf ihm einen letzten, sehnsüchtigen Blick zu, dann verließ er schnell das Haus. Gray war nicht überrascht, als sein Telefon piepste, weil er eine Textnachricht erhalten hatte. Er kicherte, als er sie auf dem Display sah.

Sag es mir.

Eine Sekunde später erschien eine weitere Nachricht.

Nein, tu's nicht.

Zusammenzuziehen war eine einfache Entscheidung gewesen, nachdem Luke das Militär erlassen hatte, auch wenn man ihn gebeten hatte zurückzukommen, nachdem die Wahrheit über Shaw herausgekommen war. Gray wäre überall mit ihm hingegangen, und so sehr er es auch gehasst hätte, er hätte Luke unterstützt, wenn dieser im Einsatz gewesen wäre. Doch am Morgen, nachdem er Luke in L.A. geliebt hatte, hatte Luke ihm eröffnet, dass er Rettungssanitäter werden wollte. Auch wenn es Grays Entscheidung gewesen war, nach Dare zurückzukehren, hatte Luke keine Sekunde gezögert, ihn zu begleiten, denn das bedeutete, dass er seine Beziehung zu Rhys wiederaufbauen konnte. Sie hatten Callan und Finn, die Lebensgefährten von Rhys, kennengelernt und er und Luke waren in die kleine Familie, zu der auch Dane, Jax und die kleine Emma gehörten, aufgenommen worden.

Grays Gesundheitszustand hatte sich weiter verbessert und eine Nachuntersuchung beim Arzt hatte gezeigt, dass er keine neuen Tumore hatte. Auch wenn die Möglichkeit, dass der Krebs zurückkehrte, immer bestehen würde, wusste Gray, dass er ihn erneut besiegen konnte, und das nicht nur, weil er nun Luke an seiner Seite hatte ... nein, er würde ihn besiegen, weil er jetzt etwas hatte, wofür es sich zu kämpfen lohnte, und das konnte ihm niemand wegnehmen.

Der einzige Wehmutstropfen für Gray war Roman, den er weder gesehen noch mit ihm gesprochen hatte, seit dieser ihn kurz vor Ende von Grays Chemotherapie besucht hatte. Er hatte gehofft, dass die Botschaft, die Roman ihm durch Luke hatte zukommen lassen, ein Zeichen war, dass sie doch eine Beziehung zueinander aufbauen konnten, doch jedes Mal, wenn Gray ihn eingeladen hatte, sie in Dare zu besuchen, wenn er auf der Durchreise war, hatte Roman mit einem kurzen Text abgesagt. Doch Gray gab nicht auf und wählte Romans Nummer erneut. Selbstverständlich nahm dieser nicht ab, deshalb hinterließ er seine übliche Nachricht und legte auf. Einen Moment später klingelte sein Telefon, doch es war nicht Roman, der ihn anrief.

„Hey", sagte Gray leise. Er stand auf und ging zur Couch, um es sich gemütlich zu machen, denn er wusste genau, warum Luke anrief. Es kam nur selten vor, dass Luke die ganze Strecke nach Missoula fuhr, ohne sich bei Gray zu melden, und egal, was Gray gerade tat oder wo er war, er hatte stets dieselbe Antwort, wenn Luke ihm die berühmte Frage stellte.

„Leistest du mir Gesellschaft?", fragte Luke.

„Immer", flüsterte Gray.

Ende

Über den Autor

Liebe Leser,

Ich hoffe, die Geschichte von Gray und Luke hat euch gefallen. In „Vergebung finden" (Buch 4 in der Finding-Serie) (M/M), der Geschichte von Roman und Hunter, trefft ihr die beiden wieder.

Als unabhängige Autorin bin ich stets dankbar für Feedback, deshalb hinterlasst bitte eine Bewertung, wenn ihr Zeit und Lust habt, egal ob gut oder schlecht, damit ich weiterhin herausfinden kann, was meine Leser mögen und was nicht. Ihr könnt mir auch per E-Mail eure Meinung mitteilen: sloane@sloanekennedy.com

Schließt euch meiner Facebook Fan Gruppe an: Sloane's Secret Sinners.

www.sloanekennedy.com

9 798356 238062